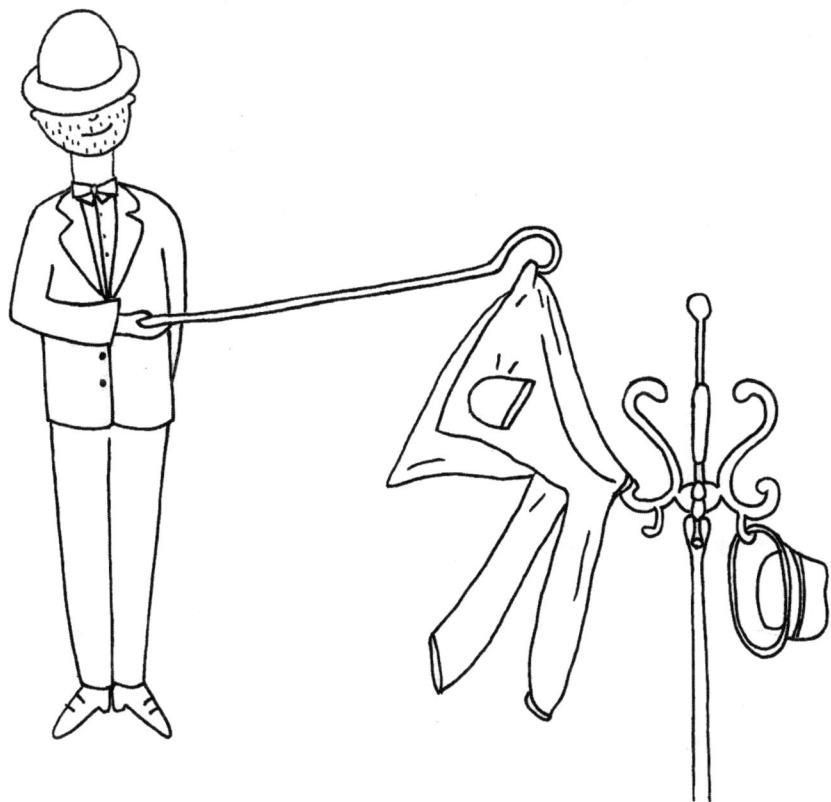

隐形侦探维克森

营救被盗的伦敦

[意]卢卡·多尼雷利/著　　[意]妮可·唐纳森/绘　章尹代子/译

人民文学出版社　天天出版社

著作权合同登记：图字 01-2022-2695

©2018 Giunti Editore S.p.A. / Bompiani, Firenze-Milano
www.giunti.it
www.bompiani.it
The Simplified Chinese edition is published in arrangement with Niu Niu Culture

图书在版编目（ＣＩＰ）数据

营救被盗的伦敦 / (意) 卢卡·多尼雷利著 ; (意) 妮可·唐纳森绘 ; 章尹代子译. --
北京 : 天天出版社,2023.4
（隐形侦探维克森）
ISBN 978-7-5016-2011-1

Ⅰ.①营… Ⅱ.①卢… ②妮… ③章… Ⅲ.①儿童小说 – 中篇小说 – 意大利 – 现代
Ⅳ.①I546.84

中国国家版本馆CIP数据核字(2023)第031026号

责任编辑：范景艳　　　　　　　　　　**美术编辑：**丁　妮
责任印制：康远超　张　璞

出版发行：天天出版社有限责任公司
地址：北京市东城区东中街 42 号　　　　**邮编：**100027
市场部：010-64169902　　　　　　　**传真：**010-64169902
网址：http://www.tiantianpublishing.com
邮箱：tiantiancbs@163.com

印刷：保定市中画美凯印刷有限公司　　**经销：**全国新华书店等
开本：880×1230　1/32　　　　　　　　**印张：**5.25
版次：2023 年 4 月北京第 1 版　**印次：**2023 年 4 月第 1 次印刷
字数：75 千字

书号：978-7-5016-2011-1　　　　　　**定价：**28.00 元

目录

好的序言是故事成功的一半

仰慕者

维克森·阿列尼一直拥有众多仰慕者，尤其是他把最珍贵的下午五点归还给心爱的伦敦后。

每天上午八点五十九分，邮递员都会准时到达维克森家，在他家门前放下一堆信件。

然后邮递员前往酒吧，喝上午九点的卡布奇诺，因为他是一名英国邮递员，英国邮递员总会在上午九点的工作间隙喝上一杯卡布奇诺。

维克森收到的信件中写有很多问题，因为人们对他充满了好奇。

几乎所有人都会问的一个问题是：

"你是怎么照镜子的？"

另一个问题是：

"你的中间名是什么？"

维克森总是耐心地回复所有的信件，但人们却没办法读到它。写信的人问维克森寄回的信在哪里，他们不停地找、不停地找、不停地找，总是往右边找，更靠右边点儿，再靠右边点儿，但是他们永远找不到，你知道为什么吗？

我不会告诉你的，因为你已经知道答案了。

如果大家足够聪明，就不会把信寄给维克森，而是寄给住在贾尔特鲁达夫人家的贾尔特鲁德多·德鲁德兰先生。虽然贾尔特鲁德多只是一只肮脏的下水道老鼠，但它会使用钢笔，写得一手好字，最重要的是它不会写错别字。而且人们能够找到它的信，因为那些信不会一直在非常靠右的右边。它们只是普通的信。

此外，贾尔特鲁德多还能够完美地回答来信中提出的所有问题。

以下就是它告诉我的。

照镜子

　　这是第一个问题。维克森·阿列尼能把镜子中的自己看得一清二楚，他想怎么看就怎么看。虽然他在镜子中的形象确实偏右，但不可能比他本人更偏右。

　　但有一个不同之处：他在镜中的形象和他本人表现得

完全一样。如果他举起右臂，镜中的形象也会举起右臂。

仔细想想，这种事不会发生在我们身上。你可以走到镜子前，就现在，立刻马上！赶紧举起你的右臂，看看那狡猾的形象会做什么。

永远不要相信镜子。

但对维克森来说，镜子的这些小把戏根本不管用。因为只要维克森一出现，镜子也不知道该怎么办了。

维克森的中间名

这是第二个问题。维克森·阿列尼没有中间名，他想要一个，并且也选了一个：马里奥。

马里奥是一个完美的中间名，因为世界上再没有比维克森更平平无奇的人，也没有比马里奥更平平无奇的名字了。

是的，马里奥作为中间名完全没问题。但是，但是，但是，但是……

还有一个"但是"。

你们应该知道维克森的父亲，著名的埃尔梅内吉尔多·阿列尼博士，从事着一份非常奇特的工作。

他发明语言。

埃尔梅内吉尔多·阿列尼不喜欢世界上现存的任何一种语言。英语让他反胃，意大利语让他恶心，法语让他呕吐，西班牙语是臭的，德语有股金属味，阿拉伯语是骆驼的味道，俄语有面包的气息等，所以他决定发明语言。

他变得非常富有。因为不计其数的人找到他，对他说："请发明一种属于我的语言，这样我可以和任何人交流，但他们却听不懂我说的话。"

很好。很多人认为维克森是一个英文名，其实并非如此。维克森是埃尔梅内吉尔多·阿列尼发明的一种语言中的一个词汇。

你知道它是什么意思吗？

听好了！

一……二……三！

维克森的意思是马里奥。

这就是维克森没有中间名的原因：因为他已经叫马里奥了。

然而，我们的英雄并没有放弃。他有一个伟大的梦想：把马里奥同时作为他的名字和中间名。

马里奥·马里奥·阿列尼

或者

维克森·维克森·阿列尼。

但他很难实现这个梦想，因为要实现它，维克森必须向市政工作人员提供三张证件照。

但是户口登记处没有一个工作人员能够看到维克森·阿列尼，也没人能拍到他，甚至连自动照相机也不行。

你可能会问：

"为什么他不能自拍呢？"

贾尔特鲁德多也总是这么对他说，还有他的日本朋友普林普洛·林。

但维克森的回答总是"不"，在这里我不得不告诉你：维克森·阿列尼讨厌自拍。因为他说自拍照中自己的嘴唇看起来会比平时厚得多。

"我可没有香肠嘴。"他说。

事实上，他有。

米尔顿·博比特和罗杰·蒂里里

即使是在监狱里的米尔顿·博比特和罗杰·蒂里里，也收到了很多仰慕者的来信。当然，这些仰慕者大多数是小偷。偷手表很容易，偷雨伞也很容易，但是能偷走下午五点或者伦敦的云朵，那就完全是另一码事了。

因此，米尔顿·博比特是世界上最受尊敬的小偷，罗杰·蒂里里位居第二。

在监狱里，这两个阴暗的角色正在计划逃出去要干的大事。

罗杰是两人中智商比较低的那个，他有 364 颗牙齿，有些人可能还记得，这是他的遗憾。

因为他希望自己的牙齿数量和一年的 365 天一样多。

因此，一旦能成功越狱，他想偷走 12 月 31 日，这样一年就只有 364 天了。

他把这个想法告诉了米尔顿·博比特，但米尔顿的回答是：

"你真是个傻子。"

"你是说我不可能偷走 12 月 31 日？"

"我不是说这个，笨蛋！我是说你要做的这件事很愚蠢，因为这只是拙劣的模仿。我偷走了下午五点，现在你想要偷走 12 月 31 日，这根本不是原创的主意，我亲爱的朋友。"

听到这里，罗杰开始呜咽起来：

"但是我想让我的牙齿对应一年中的每一天。"

"如果你还想要颗额外的牙齿，可以去牙医那里装颗假牙。"

"我问过牙医，他说我的嘴里已经没有空间了，我的牙齿太多了。"

"那就让他在你的舌头上装一颗。"

"长在舌头上的牙齿？"

"是的。"

罗杰挠了挠头：

"嗯，是个好主意。"

但这根本不是一个好主意。

警长弗兰克·费利克

简而言之，维克森·阿列尼成就了一番名气，贾尔特鲁德多、普林普洛·林和贾尔特鲁达夫人同样出名了，就连那两个罪犯也是小有名气。

那么，所有人都变得有名了吗？

不是的，还剩下一个人。尽管他付出了所有努力，但唯一没能出名的就是他，警长弗兰克·费利克。的确，他把维克森破案的功劳都占为己有，但人们不信任他，他们爱的是维克森，而不是警长。

弗兰克·费利克并不是个坏人，他只是很虚荣。这就是为什么他决定留长那根唯一的头发——菲利普，让它一直长到三米、四米、五米，或者十米，甚至更长一些。

弗兰克·费利克梦想着在伦敦漫步时，会有人欣赏他那根长长的头发。

"我可能已经转过街角了，我的头发还没有，所以每个人都会问：那根飘扬在伦敦的无与伦比的金色头发是谁的？它的主人在哪里？这样我也会出名的。"他说。

有些自作多情，是不是？

当然，警长也决定把头发染成金色。

只有一个问题：必须搞清楚菲利普是否想被染成金色，更重要的是，它是否想长到十米，甚至十一米。

菲利普非常困惑。弗兰克·费利克告诉菲利普，他已经订购了一个十二米长、里面全填充的柔软盒子，以便菲利普晚上在里面休息。

然而，菲利普并不是很乐意。相反，它一点儿都不同意警长的观点：你认为在家里放一个十二米长的盒子是件容易的事吗？

请求

　　每天都有来自世界各地的人向维克森寻求帮助。

　　米尔顿和罗杰的模仿者到处都是。在意大利，他们偷走了五百个菊苣比萨。在德国，他们偷走了整条柏林大道。在西班牙，他们偷走了所有的响板，因而导致没人能够再跳弗拉门戈舞了。在美国，他们偷走了所有写着"炸鸡"两个字的招牌。

　　被抢劫者向维克森寻求帮助。但维克森是英国人，

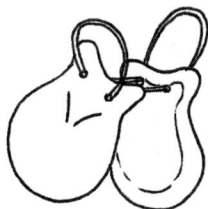

只处理英国的案件。

实际上，维克森对其中一个案件非常感兴趣：巴黎的某个人在城市大道上偷走了一片法国梧桐叶。这个法国梧桐叶失窃案非常有趣，因为人们不知道究竟发生了什么。

为什么一片叶子在法国被偷都算一件大事？谁会对偷走一片叶子感兴趣呢？而且法国梧桐在法国并不罕见。

维克森很感兴趣，他正准备出发前往法国。但在最后一刻，他记起自己是一名英国侦探，于是转身回到了伦敦。

因为绝不能忘记一件事，那就是：

伦敦十一月的一个夜晚，在大雾笼罩下，光线微弱的郊区街道上传来阵阵脚步声——咚……咚……咚……放眼望去，空无一人。

会是谁呢？

维克森·阿列尼！

曾经钩衣服的男人

伦敦十一月的一个夜晚，在大雾笼罩下，光线微弱的郊区街道上传来阵阵脚步声——咚……咚……咚……放眼望去，空无一人。

会是谁呢？

维克森·阿列尼！

悲伤的小偷

整天待在监狱里当然开心不起来。

米尔顿·博比特和罗杰·蒂里里吹嘘了几天他们盗窃的"丰功伟绩"后，开始变得越来越悲伤，直到双手抱头坐在床上，一动也不动。

守卫拿着午饭过来了：

"嘿，你们两个，杂汤来了。你们是喜欢往里面加米饭、土豆，还是加米饭和土豆？"

守卫们很喜欢这个笑话，所以他们每天都会在牢房前重复它，然后自顾自地笑起来。

没有人回答他们的问题，也没有人会笑，所以最后他们在碗里装满米饭和土豆，把它们放在牢房前的地上，不再开其他令人讨厌的玩笑了。一个小时后，他们就去收饭碗。米尔顿和罗杰的饭碗里总是满满的，这两个可怜的家伙仿佛不再饥饿了。

　　"嘿，傻瓜们。"守卫说，"如果你们不吃饭，只会更糟糕。"

　　但米尔顿和罗杰待在那里，一动也不动，双手抱着头，仿佛在思考。

伦敦遇到了新问题

在伦敦，人们认为自己见过很多大世面，但他们错了。他们看到过一架吸云的飞机，看到过连一条鲱鱼都没有的商店，也看到过没有五点的钟表。

但他们从来没有看到过曾经钩衣服的男人。

那是一位身穿黑衣，头戴圆顶礼帽，系着红色领结的高雅绅士。他非常有礼貌，对所有人都很友好。如果有人一直盯着他看，他会说：

"您需要什么帮助吗？"

问题是，你会在任何地方见到这位绅士，甚至在你们的家里。

有人刚从衣帽架上取下一件外套，绅士就跳了出来。

"您好。"他说。

"嘿，您在这里做什么？这是我家！"

"亲爱的先生，"他回答，"我是曾经钩衣服的男人，您真的想知道我为什么在这里吗？"

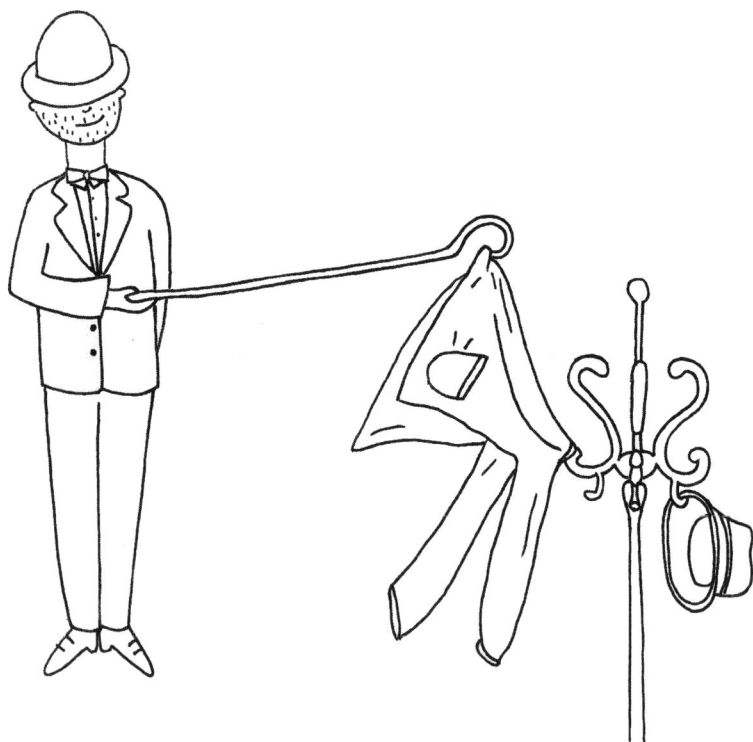

"我当然想知道！"

这时，身穿黑衣、系着红色领结的高雅绅士没有回答，而是抓起一根约一米长、末端有一个钩子的棍子，开始钩所有的衣服：夹克、风衣、厚外套、雨衣、男士衬衫、女士衬衣、裙子和裤子。他对衣服没有任何偏好，似乎所有的衣服他都喜欢，最重要的是能钩住它们。

他没偷任何东西，没杀任何人，但是他把衣服都毁了。

人们跑去报警，但当警察赶到时，曾经钩衣服的男人已经不见了。

有时，这个男人也会出现在百货公司、时装店或者当地市场。

比如，有一次，他对一个女店员说：

"我想要一件巴宝莉风衣，尺码48，蓝色。谢谢您，女士。"

但店员一离开，他就从大衣下取出那个该死的钩子，把所有能找到的衣服都胡乱钩了起来。

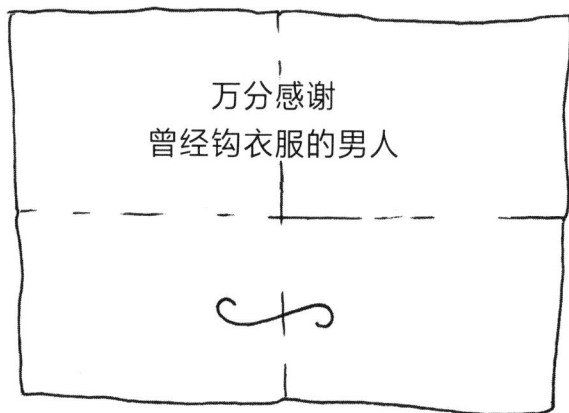

万分感谢
曾经钩衣服的男人

当店员回来时，发现所有的衣服都被毁了。男人却消失不见了，只留下一张手写的纸条：万分感谢，曾经钩衣服的男人。

警察没有任何头绪，只能艰难摸索。警长弗兰克·费利克感到很绝望，非常绝望，绝望至极，以至于他都没有心情去理发店了（但他最终还是去了）。

维克森·阿列尼出场

一个月后，伦敦的所有人都只能穿着有破洞和被扯破的衣服出门，就连他们的雨伞上也经常会出现洞眼，这对他们来说太过残忍，因为众所周知，伦敦会在某个时刻下雨，然后在另一个新的时刻再次下雨，英国人会如常打开雨伞，但因为那些伞上都是洞，所以他们经常被淋成落汤鸡。

维克森·阿列尼看着这一切，笑了起来。他喜欢这些穿着满是破洞衣服的人，他不想再拯救伦敦了。

但有一天，当他经过理发店时，听到警长说：

"唉，要是维克森·阿列尼在这里就好了！"

于是维克森走进店里，问警长：

"为什么您需要维克森·阿列尼？"

"因为只有他能帮助我。"

"您试着给他打个电话吧。"

"我不知道他是否还愿意帮助我。"

"为什么这么说？"

"因为他生我的气了。他帮我解决了所有的案子，但是我把功劳都拿走了。"

"告诉他，你以后不会再这么做了。"

"不这么做了？"警长生气地说，"我会一直这么做，因为我是伦敦警局的负责人，因此功劳永远只能是我的，明白吗？"

"不管怎么样，您还是试着给他打个电话吧。"

警长拿起电话，拨通了维克森的号码，却没有意识到他就在自己身边。

"您好，"维克森把大拇指靠近耳边，小手指靠近嘴边，仿佛那就是电话的听筒。

"维克森，我最最亲爱的朋友，我出色的合作伙伴。"

"说正事，老笨蛋。"

"那个曾经钩衣服的男人快折磨死我了！帮帮我吧！"

维克森其实还想在警长和所有伦敦警察身上找点儿乐子，但他随后看到了警长外套上被扯碎的领子和同样被扯毁的袖子。

"嗯，"他想，"曾经钩衣服的男人肯定光临过他家了。"

"好吧。"维克森说，"我会帮你的。"

警长非常感谢，然后挂了电话。

"贝利萨里奥，"警长对理发师说，"把我的头发弄帅气点儿。我要去打败那个曾经钩衣服的男人了。"

"我不叫贝利萨里奥。"理发师说。

"好吧,"维克森说,"看来他是想自己处理这件事。那我去度假了,再见,警长。"

警长看了看已经挂掉的电话,又看了看理发师。

"刚刚谁在说话?"

"我不知道。"理发师回答。

"维克森·阿列尼是不是在这里?"

"是的,我就在这里。"还在那里的维克森说。

"谢谢。"警长和理发师齐声说。

在哈罗德百货商场

维克森·阿列尼和他信赖的贾尔特鲁德多正在伦敦最大的哈罗德百货商场里。在商场的服装部，维克森看到有个男人正在用钩子钩住所有的衣服：刺啦！刺啦！刺啦！刺啦！

顾客和店员都吓坏了。

"救命！"男人们喊道，"那个人正在毁坏所有的衣服！"

"救命！"女人们喊道，"有一只老鼠正在看书！"

男人们和女人们说得都有道理：有个男人正在毁坏衣服，贾尔特鲁德多则带了一本厚厚的书——《战争与和平》。贾尔特鲁德多对曾经钩衣服的男人一点儿都不感兴

趣（老鼠不会在哈罗德百货商场买衣服，或者更确切地说，老鼠从不买衣服，因为它们根本不穿衣服），此时它正坐在一把扶手椅上，像真正的读者一样盘起双腿，开始阅读手里的书。

让我们继续回到曾经钩衣服的男人身上。

曾经钩衣服的男人系着红色领结、穿着得体，正忙着钩衣服。维克森·阿列尼慢慢地靠近了他。

男人没有注意到维克森，继续平静地钩着衣服。

"您好，先生。"维克森说。

"您好。"曾经钩衣服的男人并没有停下手中的动作。

"我能问您一个问题吗？"

"很乐意。只要不问我为什么毁坏衣服。"

"我根本没有考虑过这个问题。"

"那行，您问吧。"

"既然您现在还在继续钩衣服，为什么您叫'曾经钩衣服的男人'呢？"

"终于有一个聪明的问题了。"男人说着，停止了钩衣服，并放下了钩子。现在他看起来就像一位拿着手杖四处走动的优雅绅士。

看到男人不再钩衣服并且开始自言自语，店员和男顾客开始小心翼翼地靠近他。女人们仍然待在原地，因为贾尔特鲁德多还在那里看书。

"您看哪，"男人说，"每个人从小都有立志想成为的人：足球运动员、演员和政治家等，而我想成为那个'曾经钩衣服的男人'。这是因为我一直想成为不再钩衣服的男人，你听明白了吗？"

"不明白。"维克森回答。

说实话，我也不太明白。也许贾尔特鲁德多会明白些什么，但它正在阅读《战争与和平》，不想被打扰。

"没关系。"那个男人说，"要想成为一个不再做某件事的人，就应该先去做那件事，对吗？"

"正确。"

"这就是我钩衣服的原因：为了能够停止钩衣服。"

"显而易见。"

"只有一件事情可以让我停下来。"

"什么事？"

"像您提出的如此聪明的问题。"

从他的话中可以看出，他将永远不再破坏伦敦的衣服。

但是，话音刚落，男人又开始钩起衣服来：刺啦！刺啦！刺啦！刺啦！

"嘿，先生。"维克森说，"您不是说聪明的问题会让您停止吗？"

"是的。"男人回答，"但只是暂时的，哈哈哈！"

刚刚靠近男人的所有人再次逃开了。

几分钟后，警报声响起，警察来到了哈德罗百货商场的服装部。

"听着！"警察队长喊道，"所有人，不许动！而您，先生，您被逮捕了！不许动，否则我就开枪了！"

但那个男人说：

"哈哈哈！你们根本不知道我是谁！"

"是的，我们的确不知道。"警察队长说。

"我是强大的德鲁西洛，住在比深渊还要深的地方！一，二，三！消失！"

然后，男人在一片闪着点点星光的烟雾中消失了。

警察们到处寻找，但都没有找到他，虽然他们提前封锁了所有的出口。

那个男人去哪里了呢？

他仿佛消失在了空气中。

就在这时，贾尔特鲁德多从书上抬起头来，合上书，对维克森说：

"我开始明白一些事情了。"

"我也是。"维克森说。

维克森和贾尔特鲁德多穿过全副武装的警察，离开了商场。

探监

"快看，手里拿着一本书的老鼠！哈哈哈！"当维克森·阿列尼和贾尔特鲁德多·德鲁德兰进入监狱时，两个守卫笑着说。

维克森和贾尔特鲁德多在没有人注意的情况下通过了一系列安全检查，穿过十几条走廊，来到了米尔顿和罗杰的牢房前，看到他们两个正坐在床上，双手抱着头。

那里还有两个守卫。

"你们好，先生们。"维克森说，"劳烦你们开一下牢门，好吗？"

"当然。"他们说。

守卫立刻打开了牢门。

维克森走进牢房，打了罗杰一个大大的耳光，然后是米尔顿。

罗杰和米尔顿的脑袋掉到地上滚动起来，发出两个空草篮子会发出的声音。

你知道为什么会发出那样的声音吗？

因为它们就是两个空草篮子。米尔顿和罗杰都不是真的，他们也是稻草做的。

其实，他们只是两个木偶。

"怪不得他们两个不饿！"其中一个守卫对另一个说。

"是的。"另一个说，"木偶通常吃得很少。"

"非常少。"第一个继续说，"很多时候就吃一条鲱鱼，还有一杯咖啡。"

"只喝大麦咖啡。"

"是的，只有大麦做的咖啡。"

两个守卫在那里讨论了半个小时稻草木偶吃什么的问题。

与此同时，正如你们所了解的（除了两个守卫），米尔顿·博比特和罗杰·蒂里里早就逃走了。

当然，维克森和贾尔特鲁德多也离开了。

两个守卫结束讨论后，就去找监狱长。

"监狱长！米尔顿和罗杰变成了两个木偶！"他们两人中更聪明的那个说。

"他们是怎么做到的？"监狱长问道。

"靠不吃东西。"更笨的那个说。

监狱长看着他们的眼睛。

"小伙子们，知道我会告诉你们什么吗？在我看来，你们两个需要一个长长的假期。"

然后，他拉响了警报：伦敦最危险的两个罪犯逃跑了。

更麻烦的是，他们已经逃跑一个月了。

我亲爱的朋友们，你们猜猜看，那个曾经钩衣服的男人出现多久了？

没错，你们猜对了。

强大的德鲁西洛

在成为小偷之前，罗杰·蒂里里做过不少工作，但最终都以失败告终，其中之一就是魔术师。魔术师和巫师有点儿相似，他们穿得像巫师，但又不是巫师。魔术师只是会使用一些技巧，让人们迷恋他们并相信他们是真正的巫师。

罗杰表演时，台下只有一位观众：维克森·阿列尼。维克森不需要门票就可以轻松入场，因为没有人看到他。不过，作为一个公民，维克森总是付钱给罗杰。虽然罗杰也没有看到维克森，但由于他也是一个公民，所以开始表演时，他总是会说"女士们先生们"，尽管台下既没有女士也没有先生（除了维克森）。

最有趣的节目就是"伟大的德鲁西洛"。

"现在，女士们先生们，我将向你们介绍强大的德鲁西洛，一个住在比深渊还要深的地方的男人。"罗杰一边说着，一边向观众（并没有观众）举起一只手。

"一，二，三！消失！哈哈哈哈！"

话音刚落，罗杰就被一团闪闪发光的蓝色烟雾笼罩，当烟雾散去，他已经消失不见了。

现在一切水落石出，曾经钩衣服的男人就是罗杰·蒂里里。

罗杰认为没有人能够识破德鲁西洛的把戏，但有一个人知道他的存在。像往常一样，这个人就是维克森·阿列尼。

现在，只需要抓住罪犯罗杰就可以了。

当维克森·阿列尼把这个故事讲给他那肮脏的下水道朋友时，两人放声大笑。

"真是拙劣的把戏。"贾尔特鲁德多说。

"是的。"维克森回答，"但足以让伦敦警方团团转。"

"警长弗兰克·费利克怎么说？"

"他很担心。"

"还不错。"贾尔特鲁德多说。

"你没明白。他很担心……他的头发！"

维克森想到解决方案了

想要解决这件事情并不容易。

警长弗兰克·费利克陷入了绝望。现在有个人在伦敦到处钩衣服和雨伞，还住在比深渊更深的地方，他怎么还会有心思去理发店呢？

事实上，他还是去了理发店，但他既难过又担忧。

"我很担心。"警长对理发师说。

理发师回答：

"很抱歉听到这个消息。"

警长说：

"当我为一件事担心时，我就想要红头发。"

他把菲利普染成了红色。警长虽然说的是"头发"，但大家都知道，他只有一根名叫菲利普的头发。

维克森·阿列尼当然没闲着，最重要的是他没有在理发店里抱怨。怎样才能抓住罗杰呢？罗杰是个非常狡猾的人，虽然没有米尔顿·博比特那么聪明，但他也非常机智，他是绝对不会让警长弗兰克·费利克的手下把他抓住的。

维克森思来想去怎样才能抓到残忍的罗杰，但他什么办法也没想出来。

然后，他好像想到了什么。

他突然意识到可以去找贾尔特鲁达夫人，问她是否可以借一个想法给他。贾尔特鲁达夫人总是什么都有！

维克森拜托贾尔特鲁德多去找贾尔特鲁达夫人，并询问她的想法。

"你来了，贾利。"贾尔特鲁达夫人说（贾尔特鲁达夫人用这个昵称称呼贾尔特鲁德多有一段时间了。但我们的朋友贾尔特鲁德多一点儿都不喜欢这个名字），"我确实有一个想法。"

这个想法存放在一个如同金枪鱼罐头样式的粉红色盒子里。

贾尔特鲁德多把盒子带给维克森·阿列尼，维克森打开盒子，立刻喊道：

"我找到办法了！我们走，贾尔特鲁德多。"

"去哪里？"

"一位先生那里。"

"哪位先生？"

主意！
去找科布斯教授

“科布斯教授。”

贾尔特鲁达夫人的盒子里写着“去找科布斯教授”的想法。

科布斯教授是一位有名的发明家。

在他的众多发明中，就有米尔顿和罗杰用来偷走伦敦天空所有云朵的吸云机。

科布斯教授

贾尔特鲁德多敲了敲科布斯教授家的大门，维克森·阿列尼也在旁边，但没有人注意到他。

"你要做什么？"教授打开门，看到贾尔特鲁德多站在门口。

"我想要您的吸云机。"

"你觉得我会给你吗？你这只肮脏的臭老鼠！"

"我想您会给我的。"

"我需要报酬，无知的老鼠！你能给我什么？一块有洞的奶酪吗？"

"我会吃掉奶酪，把洞留给您。"

"那你究竟能拿什么来换我的机器？"

"金属。"

"珍贵的金属吗？"

"非常珍贵。"

"白银？"

"不，更加珍贵。"

"黄金？"

"不，更加珍贵。"

"铂金？"

"不，更加珍贵。"

"还有比铂金更加珍贵的金属吗？"

就在这时，贾尔特鲁德多掏出了那把比它大两倍的常用左轮手枪。

"您的头，教授，比铂金要珍贵许多、许多。"

科布斯教授完全同意贾尔特鲁德多的说法，他立刻跑去取来了那架和鞋盒一般大小的吸云机。

贾尔特鲁德多向他表达了诚挚的谢意后，拿走了机器，然后悄悄地剥开那把枪吃了它：枪是牛奶巧克力做的。

当然，是英式巧克力。

在牛津街的大商店里

牛津街是伦敦最著名的街道之一，拥有众多高端奢侈品商店，其中就包括一些服装店。

维克森·阿列尼选择了最豪华的服装店之一，耐心地等待罗杰的出现。贾尔特鲁德多则躲到一件长衣服的衣襟下，随时准备启动科布斯教授的吸云机。

几个小时后，一个身穿黑色衣服、系着红色领结的优雅男人出现了，他的手里拿着一根末端是钩子的奇怪的棍子。所有的店员都认出了他，开始尖叫起来。但是他并没有失去耐心，而是做了一个简单的演讲，大致内容如下：

"可亲可敬的女士们，哈哈哈哈，你们怎么会认为像我这样的绅士要吓唬你们呢？哈哈哈哈，你们是这个世界上的玫瑰、百合和紫罗兰，哈哈哈哈。我的内心非常平静，我将为你们朗诵最美丽的诗篇，为你们，哈哈哈哈，吟唱最动听的歌曲。最后你们会明白，那些关于我的说法，哈哈哈哈，都是假的。我渴望善良、和谐、宁静、奶油和甜品，哈哈哈哈，总之一切美好的事物。现在，在朗

诵我为你们，哈哈哈哈，特意准备的诗歌前，请允许我喷上一些自创的美妙香水。哈！哈！哈！哈！"

所有的女店员都被这位系着红色领结的友好绅士迷住了。而这个男人微笑着从夹克下取出一个珍贵的小瓶子，开始向空中喷洒。

"捂住鼻子！"维克森对贾尔特鲁德多低声说。

"好的。已经堵严实了！"贾尔特鲁德多回答。

维克森和贾尔特鲁德多做得非常正确。因为那瓶香水其实是一种强效安眠水，可以让那些女店员在几秒钟的时间内昏昏入睡。

然后，那个男人挥动着带钩子的棍子，开始钩所有的衣服。

他不停地钩啊钩，钩啊钩，一边钩着衣服，一边感到很开心。

"哈哈哈哈哈！太好玩了！"他高兴地喊了起来。

当警察大喊"所有人不许动"时，男人开始了他惯用的伎俩，说道：

"不许动的是你们，先生们！你们不知道我是谁。我是强大的德鲁西洛，住在比深渊还要深的地方！消失！"

刹那间，他就被闪闪发光的粉红色烟雾包围了。

但就在那一刻，传来一阵奇怪的响声：

"嘀嗒！吱吱吱吱吱吱吱吱！"

没错，贾尔特鲁德多启动了吸云机。很快，罗杰·蒂里里的烟雾被吸进了机器中，就好像我们通过吸管吸饮料一样。

故事的剩余部分没有那么重要了。罗杰被判决修好伦敦所有的衣物（还有部分雨伞），但他拒绝了：

"我又不是裁缝！"

于是，伦敦的市民只能尽自己所能修补衣服。

女王陛下的衣服也都破了，但她树立了一个好榜样，拿起针线，亲自缝补。

这个故事，在众多的英国故事中，是最英式的。

与此同时，英国的各大报纸和新闻媒体都在大肆报道警长弗兰克·费利克的最新功绩：他将那个可怕的曾经钩衣服的男人绳之以法。

警长坐在平常的理发椅上，兴奋地读着《泰晤士报》上关于他的文章。

然后他合上报纸，对理发师说：

"你知道吗？我一定是个很杰出的人物。我不用离开这把椅子，就能抓到伦敦所有的罪犯。"

"是的，先生。"理发师回答。

没有人知道罗杰为什么这么喜欢钩衣服。这是一个没有答案的问题。或许他自己也不知道，他只是喜欢钩衣服，仅此而已。

有一天，维克森去监狱看望罗杰，但罗杰没有看到维克森。

"你是个讨人喜欢的人。"维克森告诉他。

"你是谁？"

"我是维克森·阿列尼。"

"我不相信，如果你真的是维克森·阿列尼，就让我看到你。"

"如果你能看到我，我就不是维克森·阿列尼了。"

罗杰·蒂里里挠了挠头：

"你说得对。你知道吗？你也很讨人喜欢，维克森。"

"即使我把你关进监狱？"

"其实也没那么糟糕。"

"好的，罗杰。下一次如果你要逃走，记得给我打电话。"

"我今天就要逃走。我在哪里可以找到你？"

"更右一点儿的地方。"

因此：

伦敦十一月的一个夜晚，在大雾笼罩下，光线微弱的郊区街道上传来阵阵脚步声——咚……咚……咚……放眼望去，空无一人。

会是谁呢？

维克森·阿列尼！

伦敦被盗案

伦敦十一月的一个夜晚，在大雾笼罩下，光线微弱的郊区街道上传来阵阵脚步声——咚……咚……咚……放眼望去，却空无一人。

会是谁呢？

维克森·阿列尼！

错误的酒馆和正确的酒馆

这一切都始于一个名叫"又脏又臭的贫民窟小酒馆"的酒馆。

千万不要和那个名叫"又臭又脏的贫民窟小酒馆"的混为一谈，也不要和那个名叫"臭气熏天的贫民窟小酒馆"的混淆。

晚上七点，"又脏又臭的贫民窟小酒馆"里挤满了小偷，他们都是前来听米尔顿·博比特和罗杰·蒂里里谈论新的犯罪计划的。

米尔顿·博比特开始讲话：

"我决定在这里召集伦敦最聪明的小偷。"

小偷们你看看我，我看看你，心中充满了疑惑：为什么米尔顿没有像往常一样，邀请所有的小偷？但是他们不敢问米尔顿，因为他们有点儿怕他。

"当然，我也邀请了那些愚蠢的小偷，但如你们所见，他们没有来。"

"他们的确没来。"其中一个小偷说，"他们为什么没来？"

此时，愚蠢的小偷们正挤在"又臭又脏的贫民窟小酒馆"和"臭气熏天的贫民窟小酒馆"里，问道："什么时候开会？"

米尔顿笑了。

"哈！哈！哈！"

罗杰也笑了。

"哈！哈！哈！"

"我之所以选择这个地方，"米尔顿说，"是为了迷惑那些傻瓜。我将要实施的计划需要的是聪明人。"

他环顾四周，逐一打量那些聪明的小偷。在场的小偷都为自己的聪明感到非常满意，所以他们都理所当然地把自己那张愚蠢的脸视为聪明的脸。

"然后，哈！哈！哈！用这种方法，我们就可以确定这里没有维克森·阿列尼了！"

"为什么？"其中一个人问。

"因为维克森·阿列尼是个傻瓜。"

"没错，"刚才提问的那个人说，"他确实是个傻瓜。"

"很好！"米尔顿问，"你叫什么名字？"

"维克森·阿列尼。"

事实上，像往常一样，维克森正在最前排，惬意地坐在椅子上。人们一如既往地没有看到他，因为没有人注意到他。

"你们看到了吗？"米尔顿·博比特说，"维克森·阿列尼不可能在这里，因为这里只有聪明人，而他是个笨蛋，他自己已经确认了这一点！"

如你们所见，米尔顿·博比特的推理能力很强。

"好的，伙计们，知道我要对你们说什么吗？我要走了。"维克森说。

然后，他起身走了出去。

"把门关上！"罗杰喊道。

"我会把它关得很严。"维克森回答说，但他仍在原地。

米尔顿的新想法

"今晚，"米尔顿兴奋地宣布，"我们将偷走伦敦！"

"是的。"一个小偷说，"但具体是什么？"

"伦敦！"

"具体指什么？汽车？"

"不！"

"珠宝？"

"不！"

"把银行洗劫一空？"

"不！"

"那我们要偷什么呢？"

"我已经告诉过你们了。今晚我们将偷走伦敦，是整个伦敦，包括大本钟、威斯敏斯特教堂、国会大厦、圣保罗大教堂、伦敦城、诺丁山、贝尔格雷夫广场、白金汉宫，等等。总之，伦敦所有的一切。"

"甚至汽车、下午五点的茶、云朵和泰晤士河？"

"当然。"

"这项工作可不好干。你还记得我们偷走下午五点费了多大的力气吗？"

"我们不需要偷走下午五点。整个伦敦都将消失。"

"那我们把伦敦放到哪里？"

"相信我，我知道一个很好的地方。"

"那在原来伦敦的位置上会有什么？森林？"

"不。"

"沼泽？"

"不。"

"沙漠？"

"米尔顿，你说，在原来伦敦的位置上会有什么？"

"伦敦。"

"怎么可能还是伦敦？"

"伦敦将取代伦敦。"

米尔顿·博比特看着聪明盗贼们的脸上露出了惊讶的表情。他们中的一些人惊呆了，一条口水顺着他们的嘴角流了下来。

"我们将偷走真正的伦敦，并在它原来的位置放上一个假的但完全一样的伦敦。"

"人们会注意到吗？"

"英国人，"米尔顿，真正懂得英国人的小偷，说道，"英国人是这样的：他们喜欢新事物，但过不了多久，他们又想念旧事物。你们要知道，英国人喜欢念旧。当他们意识到看起来是旧伦敦的伦敦其实是新的时，他们会不惜一切把真正的伦敦找回来。"

在盗贼中，有一个名叫"大批评"的人，因为他总是喜欢批判每一件事和每一个人。

大批评举起了手。

"你说，大批评。"米尔顿说。

"这个想法很好，米尔顿，但不是很新颖。你已经偷过了下午五点，那是一个很好的想法。现在这个想法一文不值，甚至连个想法都算不上，只能说是之前想法的复制品。"

"亲爱的大批评，"米尔顿微笑着说，"我必须告诉你两件事。首先，你是对的。我确实复制了之前的想法。但你知道吗？我喜欢复制品，我欣赏复制品和副本。我的父亲总是说：'记住，米尔顿，制作精良的复制品比原件更加真实。'这就是我想要复制并替换真正伦敦的原因。"

"好的，米尔顿，我明白了。"大批评说，"你要告诉我的第二件事是什么？"

"第二件事就是：由于你居然敢批评我，我打算痛打你一顿。"

"不！不要打我！"

但米尔顿态度很坚决。

"阿达吉索，你来办这件事。"

一个身高三米、重约七百公斤的男人从酒馆后面站了起来。他就是世界上最强壮的小偷：阿达吉索·波特多。阿达吉索不擅长偷戒指或者钱包这种细小的东西，但他扇起耳光来，人人望而生畏。

"不！阿达吉索，不要！"大批评喊道。

阿达吉索就像拿起一根已经吃完的冰棒棍一样，拎起可怜的大批评，把他带到酒馆外，外面传来几声：

"啪嗒！"

"哎哟！"

"啪嗒！"

"哎哟！"

"啪嗒！"

"哎哟！"

没过多久，两人回到座位上，仿佛什么都没有发生过，继续听计划的剩余部分。

为什么米尔顿·博比特喜欢复制品

米尔顿·博比特上学时，成绩一直非常优异。但他基本不学习，只是非常擅长抄袭。这是他的父亲，著名的伪造者克罗德甘戈·博比特教会他的。

众所周知，伪造者拥有出众的技能，擅长复制名画，然后将伪造的画作当作真迹一样卖掉。

克罗德甘戈·博比特的工作非常出色。他曾经前往世界上最有名的博物馆——巴黎卢浮宫，临摹了世界上最有名的画作——达·芬奇的《蒙娜丽莎》。当他带着自己创作的那幅画往卢浮宫门口走去时，却被守卫们拦住了。

"这个人偷走了《蒙娜丽莎》！"守卫们喊了起来。

巴黎警察和卢浮宫的馆长也连忙赶到。专家团队仔仔细细地检查了那幅画，最后他们宣布：

"这幅画是真迹。"

然后他们来到挂着真正的《蒙娜丽莎》画作的地方，说道：

"这幅画是赝品。"

真正的《蒙娜丽莎》被拿了下来，取而代之的是克罗德甘戈·博比特的那幅复制品。

"拿好你拙劣的复制品吧！"专家们对克罗德甘戈·博比特说。

就这样，克罗德甘戈·博比特和真正的《蒙娜丽莎》一起被关进了监狱。有一段时间，卢浮宫的游客们欣赏的是克罗德甘戈·博比特画的《蒙娜丽莎》，而真正的《蒙娜丽莎》则受到了囚犯们的连连称赞。这也算是一件非常美好的事情吧。

（顺便说一句，克罗德甘戈·博比特对自己被关在监狱里感到很遗憾。因为监狱在巴黎，离他心爱的伦敦太远了。所以他把伞也带进了牢房，在伦敦下雨的时候准时打

开。这是他思念心爱城市的一种方式。）

有一天，一位参观卢浮宫的游客在欣赏克罗德甘戈·博比特先生的杰作时，发现了一个奇怪的细节：画的角落里停着一辆汽车。

一辆汽车？！

而且！还是一辆劳斯莱斯！

这位游客是个日本人，因此他请了一位导游帮忙讲解。当导游讲到《蒙娜丽莎》画于 1503 年时，日本游客觉得那辆停在角落里的汽车显得格外奇怪。1503 年还没有汽车，更别说劳斯莱斯了。

这件事让日本游客产生了怀疑，然后他请人叫来了卢浮宫的馆长，馆长也起了疑心。留着浓密大胡子的巴黎警察局局长也来了，他同样有所怀疑，于是一遍又一遍地捋着胡子。

"嗯！"他说，"这件事很可疑。"

"这真是一个闻所未闻的发现，"卢浮宫的馆长说，"列奥纳多·达·芬奇早在 1503 年就发明了汽车！真是个天才！这个男人太厉害了！"

于是，赝品《蒙娜丽莎》仍然挂在卢浮宫原来的位置上。

又过了几个月，这个错误才被揭穿，警察前往监狱，想找回真正的《蒙娜丽莎》。

但克罗德甘戈·博比特已经服完刑期，带着真迹《蒙娜丽莎》回家了。克罗德甘戈·博比特的家在伦敦，他无法忍受住在伦敦以外的任何地方。

对卢浮宫而言，要拿回《蒙娜丽莎》并不是一件容易的事情。但最终，《蒙娜丽莎》——指的是真迹——回到了世界上最有名的博物馆里本就属于它的位置上。

如果你们前往卢浮宫看《蒙娜丽莎》，请仔细看，上面根本没有什么汽车。很明显，达·芬奇并没有发明任何汽车，当然也没有发明劳斯莱斯。

那次冒险给年轻的米尔顿·博比特留下了深刻的印象，他从父亲那里继承了对复制品的热爱，终其一生都在做一些值得他去做的事情。

现在，机会来了：他将用伦敦的副本来代替真正的伦敦。

而如今整日坐在电视机前观看卡通片的年迈的父亲，一定会为他感到骄傲的。

一觉醒来

在雾蒙蒙的夜晚，聚集在"又脏又臭的贫民窟小酒馆"中的米尔顿·博比特和英国最聪明的盗贼们，正在计划本世纪最不寻常的盗窃案。像往常一样，维克森·阿列尼知道将会发生什么，但他并不知道具体实施的步骤。于是他决定不再想这件事，而是去做一件自己喜欢的事情：在伦敦雾蒙蒙的夜里一边愉悦地吹着口哨，一边四处溜达。

"总有一天，"他想，"我会想到办法的。"

其实，没过多久，他就有了主意。但现在还没到告诉你的时候。

第二天早上，整个伦敦像往常一样醒来。人们像往常一样在面包片上涂满黄油，像往常一样准备好咖啡，像往常一样给猫咪准备吃的，像往常一样打开收音机收听天气预报。英国人喜欢做往常做的事情。

但是那天早上，有些地方似乎变得不太一样了。

下面是发生在普通人家的一些事情。

史密斯先生穿着睡袍，正小口喝着咖啡；而史密斯夫人切好面包片，把黄油放入通常的小碟子后，一边哼着歌，一边准备鸡蛋培根。

"太奇怪了。"史密斯先生说。

"怎么了？"妻子并没有停止哼唱。

"我感觉这杯咖啡和平时的不一样。"

"味道不一样吗？"

"不。味道是一样的，但我感觉咖啡似乎不一样了。"

"但这是我从同一个罐子里拿出来的。"

"你确定是同一个罐子？"

"亲爱的，我们只有一罐咖啡。"

"好吧。"

过了一会儿，史密斯先生又说：

"太奇怪了。"

"现在又怎么了？"妻子把鸡蛋培根放到桌上，然后坐了下来。

"就连这个杯子看起来也不是平时的那个。"

"亲爱的，三十年来我一直在用同一个杯子给你倒咖啡。"

然后，史密斯先生打开窗户，平时那些司空见惯的事物似乎也变得不太一样了。

"太奇怪了。"他再一次说道。

"还有什么？"

"我觉得空气似乎都不一样了。"

事实上，史密斯先生是对的！因为就在前一天晚上，聪明的小偷们偷走了伦敦，并用复制品将真正的伦敦替换了。他们偷走了一切，从大本钟到小蚂蚁；他们还偷走了伦敦的空气，用伪造的空气取而代之。

刚刚这个小插曲发生在伦敦的每座房子里，就连那些房子都不再是伦敦的房子，而是伦敦房子的复制品。

所有人像往常一样出门，在特定的时间开始下雨，大家不约而同地打开伞。

但是雨伞有些奇怪。

甚至雨也有些奇怪。

没有人知道为什么，因为一切像往常一样。

或者确切地说，几乎一样。

现在你也许会问我：

a）小偷是如何偷走伦敦的？

b）他们把它带到了哪里？

c）他们是如何在一夜之间制造出一个假伦敦的？

以下就是我的回答：

1）他们一次拿走伦敦的一件物品；

2）哦，我不告诉你，你自己去发现吧；

3）哦，这个我也不告诉你。

还有一个问题：他们是否也偷走了银行？

回答：是的。

问题：把银行里的钱也带走了吗？

回答：是的。

问题：他们还做了什么？

回答：他们用完全相同的其他银行代替了原来的银行，并且往银行里放了钱，但不是原来的钱。

问题：为什么他们不拿走钱？

回答：我不想告诉你。

但我会告诉你一件更加重要的事情。你可能会认为维克森·阿列尼不在这些场景里，恰恰相反，他也在！只是没有人能看到他，这既因为没有人去看他，也因为他在更靠右一点儿的地方。还有一个原因，我稍后会向你揭晓。

但是······

在伦敦有一个地方，一个小小的地方，情况有所不同。一个叫作皮姆利科的优雅街区有一条安静的街道，那里有一家理发店。

你知道那个经常能闻到洗发水、护发素和剪刀气味的小理发店吗？

就在那天早上，理发店里传来一声尖叫：

"啊——"

在把头发留到十米长后，警长弗兰克·费利克发现了一件可怕的事情。

"早上好。"他对理发师说。

"早上好，警长。"理发师说。

"我要你把菲利普染成金色。"警长一边说着，一边坐在自己常坐的那把扶手椅上。

"很乐意为您效劳，先生。但有一个问题。"

"什么问题？"

"这里，"理发师摸了摸警长光秃秃的脑袋，说道，"没有头发。"

"一根头发都没有？！"

"是的。"

于是，出现了上面那一幕：

"啊——"

警长很绝望，但我们对此并不感兴趣。

我们更关心发生了什么。小偷们偷走了警长唯一的头发，并且没有给他换上新的。下面的两个理由很好地解释了为什么会发生这样的状况：

1）不可能再找到一根十米长的头发；

2）米尔顿·博比特不想更换那根头发。你想知道为什么吗？

…………

维克森对这一切了然于胸。他是怎么知道的呢？

就在前一天晚上，在那个小酒馆里，维克森从米尔顿·博比特口中亲耳听到的。在所有聪明的盗贼都走了之后，米尔顿在那个又脏又臭的贫民窟小酒馆中来回踱步。

"哈哈哈，"米尔顿说，"我将用一个假的伦敦来代替真的伦敦，但有一样东西我不想替换：警长的那根头发。"

维克森·阿列尼就在他身边，于是问道：

"为什么？"

"因为我想让他生气。"

"然后呢？"

"然后他就会来抓捕我，但是他太笨了，永远都不可能找到我。"

"好主意。米尔顿，但有一个问题。"

"什么问题？"

"维克森·阿列尼会找到你的。"

"他也找不到我。你知道为什么吗？"

"洗耳恭听。"

"因为维克森受不了那个警长，所以他根本不会帮他。他会和下水道的老鼠朋友待在家里，或者和他的日本朋友下棋、吃南瓜烩饭。"

"谢谢，再见。"维克森说。

"也谢谢你，你是谁？"

"我是维克森·阿列尼。"

"再见。"

像往常一样，米尔顿没有看到他，两秒钟后，他就忘了和维克森的对话。

这是维克森·阿列尼的另一种非凡能力：可以随心所欲地进出人们的记忆。

英国人产生了怀疑

与此同时，英国人仍然心存疑虑。一切看起来似乎都和往常一样，但他们知道事实并非如此。

几周后，有人开始注意到一些事情发生了变化。

我给大家举几个例子。

在杰克逊先生的房子里，电视机上方的天花板上一直有一条小裂缝，现在那条裂缝突然消失了。

"亲爱的，是有人来修好了裂缝吗？"

"不，亲爱的。我们都很喜欢那条古老的裂缝。"温柔的杰克逊夫人说。

"你过来看看。"

杰克逊夫人很遗憾地发现天花板变得非常完美，没有任何裂缝了。

华生先生每天早上都会爬上他的工作地——城市大厦的台阶，而且他非常习惯地把脚放在同一个地方，日复一日，年复一年。在第三级台阶处，一直有一块鸭嘴形状的污渍，华生先生对此非常喜欢。

但是，有一天，华生先生发现那块污渍的形状从鸭子的嘴变成了母鸡的喙。

这怎么可能呢？

更不用说罗布森先生了。他喜欢在每天下班后的傍晚六点坐在莱斯特广场喂鸽子和松鼠。当他发现松鼠罗伯特想要改名叫作威廉时，震惊极了。

另一件奇怪的事发生在泰晤士河。泰晤士河是伦敦的一条河，一直很脏，但现在河水变得清澈见底，许多鱼在里面自由自在地游动。这吸引了无数的渔民，他们挤在河边，发现河中有鳟鱼、鲢鱼、鲑鱼和梭子鱼。一开始，渔民们都很开心，但过了一段时间，作为英国渔民的他们开始怀念没有鱼敢在其中畅游的肮脏的泰晤士河。

"我们想要回我们的河流！"他们齐声喊道。

所有纯净的水、纯净的空气把他们变成了疯子。

因此，罗布森先生、华生先生、杰克逊先生和伦敦所有的渔民决定去找市长威尔逊先生抗议：为什么松鼠改名了？为什么鸭嘴变成了鸡喙？为什么天花板上的裂缝消失了？而这一切都没有经过他们的允许！

"我理解你们。"市长说,"几周以来,我也看到了一些奇怪的事情。比如,我的椅子以前一直是摇摇晃晃的,现在它没有了任何缺陷。我告诉你们一件事情:我想要回我的摇摇椅!"

"我想要我的裂缝!"

"我想要我的鸭嘴!"

"我想要我的罗伯特松鼠!"

警长弗兰克·费利克被传唤过去了。

"那我该说些什么呢?我的头发没有了!啊啊啊啊啊啊啊!"

维克森·阿列尼同样没有缺席这个场合,但是你没有看他,也没有看到他,我也是。

终于！

现在，整个伦敦都陷入了焦虑之中。发生了一些事，但没有人知道究竟是什么。很明显，英国人不喜欢发生的这些事。他们感觉伦敦受到了攻击：

"有人偷走过我们的云朵，偷走过我们的鲱鱼，偷走过下午五点，但现在发生的事情更加糟糕，糟糕到令人无法忍受。"

最糟糕的是，他们甚至不知道发生了什么。事情就这样发生了，这激怒了他们，因为英国人不喜欢正在发生的事。他们想："这些事太不好了，比披头士乐队更糟糕。"

只有普林普洛·林和贾尔特鲁德多·德鲁德兰保持

着淡定。贾尔特鲁德多是最淡定的，普林普洛·林其次，因为维克森承诺他整整一辆卡车的南瓜烩饭。所以他特意从日本赶来，但维克森没有出现，普林普洛·林开始有点儿饿了。

我必须说明一下，"普林普洛·林有点儿饿了"意味着他会吃掉整整两辆卡车的南瓜烩饭。

此时，维克森·阿列尼在……

是的，他在哪里呢？

让我们重新梳理一遍。

聪明的盗贼偷走了教堂、宫殿、房屋、汽车、烤鸡、花朵、松鼠，总之一切的一切，并用假的教堂、宫殿、房屋、汽车、烤鸡、花朵、松鼠，总之一切的一切来替代。他们偷走的所有东西和放回原处的所有东西还包括家具：椅子、桌子、餐柜、凳子、书柜、写字台、扶手椅、沙发，当然还有衣橱。

请注意，这就是问题所在。

聪明的小偷认为他们偷走了伦敦所有的衣橱，但事实并非如此。

他们遗漏了一个小细节。

通常，聪明的小偷在偷走衣橱前，会打开看看里面是否藏着维克森·阿列尼。但他们从没找到过维克森·阿列尼，因为维克森·阿列尼从不藏身于存在的衣橱中。

他藏在……没错，维克森只藏在不存在的衣橱里。

那天晚上，被盗的数百万个衣橱中还包含了另一个衣橱：一个不存在的衣橱。那个衣橱里就藏着维克森·阿列尼。

于是，当维克森·阿列尼从不存在的衣橱里出来时（只有他能做到这一点），他发现自己置身于真正的伦敦所在的地方。他很快就认出了那个地方。那是城外的一个旧仓库，是旧车报废前统一放置的地方。维克森喜欢破车，所以他知道那个仓库。

当然，你可能会心存疑惑，一个仓库，即使再大，

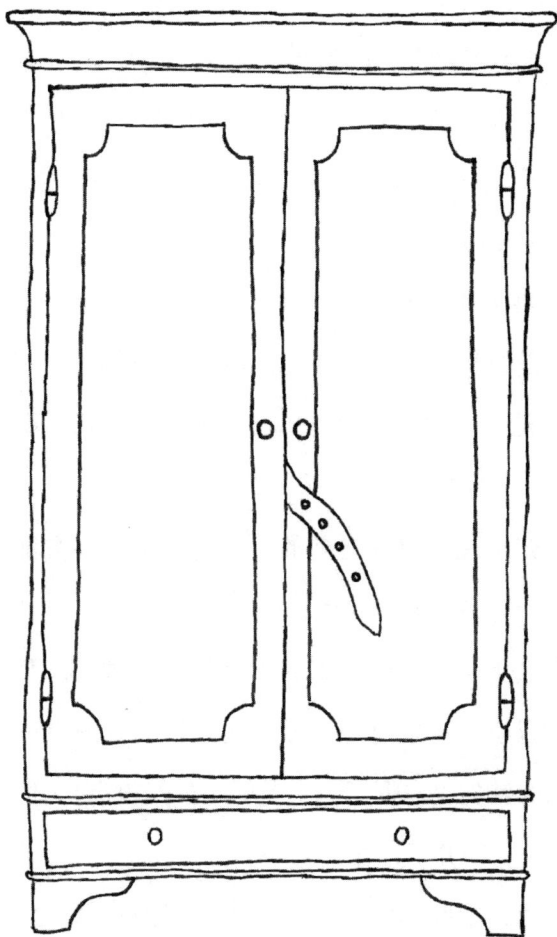

怎么可能容纳下世界上最大的城市之一呢？

在研究了很长时间后，我的回答是：我也不知道。

然而，时间和空间是两个奇怪的概念。

一切似乎都运行得很顺利。比如，一千米正好是一千米长，一个小时只会持续一个小时，多一秒或少一秒都不是一小时。

但事实并非如此。一米、一小时，甚至一毫米或一秒钟都是如此迷人，以至于让人们失去了理智。一切似乎显而易见，有时候我们仿佛已经理解了一切，但幸运的是，事实并非如此。

你知道在大爆炸之前的一秒钟，整个宇宙都是被容纳在一个针尖里吗？

事实上，在诞生宇宙的大爆炸前一秒，甚至没有时间，所以也不可能有那一秒。而且针尖的图像也是错误的，因为针尖也占据了一个空间（虽然很小），但在大爆炸之前，空间并不存在。

所以，空间和时间是两个很奇怪的概念。最伟大的科学家们花费了近几个世纪才弄明白一些事情。而维克森从出生时就知道这些事，那不是他的功劳，而是因为他生来如此。

也许这一切都与伦敦失窃案没有什么关系，或者可能也有点儿关系。但刚才所讲的内容真的很酷，而且如果我不把这部分内容写进去，维克森·阿列尼（在我身后读这本书）会很生气的。

此外，这就是他几乎总是待在伦敦的原因：伦敦实在太美了。

维克森将采取行动，但不是现在

藏身于一个不存在的衣橱里自然是个好主意，但此刻维克森正在不停地挠头，因为他不知道接下来该怎么做：

嗒嗒……嗒嗒……嗒嗒……

如何才能让真正的伦敦离开那个仓库，把假伦敦挪走，再把真伦敦放回原处呢？除此之外，还需要更换泰晤士河中的所有水，这不是一件简单的事情。

幸运的是，在不停地挠头后，维克森终于想到了一个办法。

这一切都是聪明的小偷造成的。

好的，那就让聪明的小偷来弥补这一切。

这个主意太好了。于是维克森·阿列尼决定在把想法付诸行动前，在仓库里逗留一段时间，以便能安静地访问伦敦。他去了大英博物馆和国家美术馆，然后又前往泰特美术馆。不过，那里入场是要收费的：实际上，维克森见到了一位又高又瘦的老太太——格温达琳夫人，格温达琳夫人对他说：

"您要去哪儿？"

"我想参观美术馆。"

"15 英镑。"

"您能看到我吗？"

"您是在开玩笑吗？不，我看不到您。我谁都看不见。我是个盲人，但我能感觉到有人来了。我就是有这个本事，年轻人！"

维克森在钱包里翻找 15 英镑，但只找到了 14.9 英镑。

"我说了，是 15 英镑，年轻人。"

"我没有 15 英镑，您能给我打个折吗？拜托您了。"

"除非您享有打折的权利。您是教授吗？"

"不是。"

"学校的老师？"

"不是。"

"新闻记者？"

"不是。"

"学生？"

"不是。"

"您在美术馆工作？"

"没有。"

"那没办法，您无权享受任何折扣。走开，我们这里可不欢迎逃票的人。"

所以维克森·阿列尼没能去泰特美术馆。

你可能会想：在抢劫伦敦时，窃贼是不是误把格温达琳夫人也一同带走了。

事实恰恰相反。小偷们是故意把她带走的，这样伦敦会永远感激他们，因为英国人民终于可以摆脱那个又老又丑的泼妇了。

但这个决定也是错误的。如今的泰特美术馆在售票处安排了一个美丽善良的女孩。过了一段时间后，伦敦人想让那个粗暴、讨厌、冷漠、刻薄的格温达琳夫人回来。

为什么呢？

因为格温达琳夫人也是伦敦人古老而可爱的习惯之一。大家都知道，伦敦人不会放弃他们的习惯，如果他们准备喝茶或者去剧院，即使在此期间敌人前来轰炸伦敦，他们还是会一如既往地去喝茶或者去剧院。同样地，他们也永远不会放弃格温达琳夫人。

因为无法参观泰特美术馆，维克森·阿列尼认为是时候采取行动了。

把真正的伦敦放回原处的这个想法经历了如同从猛犸象时代一直到现在的漫长的思考时间，主要分为几个阶段。

第一阶段：

列出米尔顿·博比特的弱点。

米尔顿·博比特有一些弱点：

——他喜欢牛奶巧克力，但只喜欢瑞士德语区一个

瑞士

1931.

艾利斯斯普林斯

小山谷里的小村庄的某个农场生产的牛奶巧克力；

——他渴望拥有一辆1931年在西伯利亚中部偏远山村的工厂生产的拖拉机；

——他会不惜一切代价，只为拥有一架产自澳大利亚中部一个叫作艾利斯斯普林斯的地方的手风琴，尽管在那里没有人知道什么是手风琴。

第二阶段：

得到这三样东西。

第三阶段：

说服米尔顿·博比特以这三件无价之宝换回真正的伦敦，并替换掉假的伦敦。

第一阶段已经完成，现在需要进入第二阶段。之后如果一切顺利，就可以进入第三阶段。

抓紧时间，赶快行动。

我们的英雄采取行动

维克森跑回（假的）伦敦，召集了他的两个朋友：贾尔特鲁德多·德鲁德兰和普林普洛·林。维克森本想让大家围坐在一张桌子旁，但没有成功：贾尔特鲁德多一直在吃香肠，而普林普洛·林则待在一口两米高、装满了南瓜烩饭的锅里，只有在需要说话时才会伸出头来。

不过最终，三个朋友达成了一致。

贾尔特鲁德多负责巧克力的事情。

普林普洛·林负责拖拉机。

维克森·阿列尼则负责手风琴。

顶级优质的牛奶巧克力

对贾尔特鲁德多而言，到达瑞士的农场非常简单：只需要贴在直飞苏黎世的飞机副翼后面就可以了。但当它到达农场后，问题出现了：他发现自己听不懂制作巧克力的人说的话。

贾尔特鲁德多听不懂那种语言，因为没有人能听懂。

那个生产巧克力的人不是德国人，不是法国人，也不是意大利人或者拉蒂尼亚人。他说的是一种很独特的语言，只有在那个村庄的那一小片区域的人才会那样说。

"早上好，先生。"贾尔特鲁德多说。

"舍科弗沃哦。"制作巧克力的人礼貌地回答。

"那个……我叫贾尔特鲁德多·德鲁德兰，代表维克森·阿列尼前来寻求帮助。"

"酷得德哈嗖试酷巴。"

贾尔特鲁德多试着向他要一块著名的牛奶巧克力。

"塔福吉比卡达瓦夫。"男人回答。

贾尔特鲁德多本可以拿走一块巧克力，付完钱后就离开，但他喜欢聊天，而且那个听不懂他说话的男人非常友好。

所以他决定打电话向维克森·阿列尼寻求帮助。

"我来处理。"维克森说。

三个小时后，猜猜谁到了农场？……维克森·阿列尼的父亲，著名的埃尔梅内吉尔多·阿列尼博士，一个讨厌所有语言因此不断发明新语言的男人。

"你们为什么让我来这里？"阿列尼博士问。

"因为没人听得懂这个人说的话。"

"我来试试。"

阿列尼博士面对做巧克力的人，说道：

"您好，我先做个自我介绍，我是埃尔梅内吉尔多·阿列尼博士。我是如此有幸，与您说话。"

"扎哦弗沃蒂。"

"多么美妙的语言啊！您说您喜欢住在这里？"

"勒切弗堤弗蒂。"

"精彩！总之，这是一种美丽、清新、充满……巧克力香味的语言，是的，牛奶巧克力的香味。"

那个生产巧克力的农场男人和阿列尼博士就这样静静地交流了一刻钟。

"噢蒂发蒂？"

"哇酷切阿啵。"

"若剌哈沃布！"

"阿切沃弗啵……"

…………

男人对此次聊天非常满意，送给阿列尼博士和贾尔特鲁德多三块巧克力。贾尔特鲁德多吃了一块，阿列尼博士吃了一块，第三块安全地抵达了假伦敦。

亚洲拖拉机

现在我们来看一看拖拉机的故事。

"我绝对不会把它给你的！"拖拉机的主人，一个一百四十岁仍能单脚登顶珠穆朗玛峰的老人喊道。

"为什么不给我？我付给你钱！"

"我不要你的脏钱。"

"你能用这个已经不再运转的破拖拉机做什么？"

"这和你有什么关系？我乐意。"

"我付给你钱，你可以去买新的拖拉机。"

"我说过了，我不要你的脏钱。"

"谁告诉你我的钱是脏的？"普林普洛・林说着，打开公文包，里面只有很干净的钱：这些钱还没有使用过。

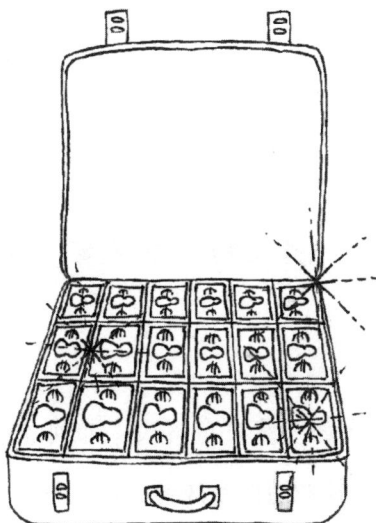

"现在告诉我，你这个老顽固，你还认为这些钱是脏的吗？"

拖拉机主人挠了挠下巴，说道：

"嗯……它们确实很干净。你说服了我，把拖拉机带走吧。"

澳大利亚手风琴

最困难的问题仍然没有解决。如何才能找到澳大利亚艾利斯斯普林斯制造的手风琴，而在那里没有人制造过手风琴，事实上，也没有人知道怎样制造手风琴。

维克森可以带上一位手风琴制造者前往艾利斯斯普林斯，教当地人制造手风琴。

是的，这是一个解决方案，但有一个问题。

维克森·阿列尼不想去，一点儿都不想去澳大利亚。

这真是一个进退两难的问题：

——前往澳大利亚，试着制造出一架该死的手风琴；

——放弃去澳大利亚，让假伦敦一直待在真伦敦的位置上。

但伟大的维克森自然不会被这样的小难题困住。像往常一样，他想出了解决方案。

贾尔特鲁达夫人！

只可惜，贾尔特鲁德多还在瑞士吃各种奶酪（埃曼塔尔奶酪、格鲁耶尔奶酪、斯勃林兹奶酪），它决定在那片幸福的土地上多待一段时间。

普林普洛·林把拖拉机送到假伦敦（提醒一下，真伦敦还在城外的仓库里），然后就回到日本，继续耕种他的菜园子了。

幸运的是，还有迪亚曼蒂娜·卢塞尔夫人，维克森·阿列尼的女朋友——安杰丽卡·卢塞尔的母亲。

事实上，迪亚曼蒂娜·卢塞尔夫人是贾尔特鲁达夫人最好的朋友。维克森打电话给迪亚曼蒂娜，问她是否愿

意拜访她的好朋友，并询问她一些事情……

"我很乐意，亲爱的威尔逊。"迪亚曼蒂娜夫人回答，她总是弄错维克森的名字。

当天下午五点，迪亚曼蒂娜夫人（她的好朋友叫她迪曼）去找她的好朋友贾尔特鲁达夫人（她的好朋友叫她贾尔特）一起喝下午茶。两个好朋友就迪亚曼蒂娜夫人本想买但最终没有买的一双鞋子讨论了半天。这个话题本可以占据两个女人六十个小时，但那天，迪亚曼蒂娜夫人有些着急，所以在过了五十九小时后，她对贾尔特鲁达夫人说：

"听着，贾尔特，我想请你帮一个大忙。"

"亲爱的迪曼，我愿意为你做任何事。"

"你有澳大利亚艾利斯斯普林斯制造的手风琴吗？"

"当然！我马上拿给你。"

于是，维克森得到了米尔顿·博比特为之疯狂的三样东西。

你可能会问："如果在艾利斯斯普林斯，没有人制造过手风琴，贾尔特鲁达夫人怎么可能有呢？"

这是因为贾尔特鲁达夫人有点儿像心地善良的女巫，她不仅拥有存在的东西，而且拥有那些可能存在的东西。

大结局，第一部分

那是一个雾蒙蒙的晚上，米尔顿·博比特、罗杰·蒂里里和聪明的小偷们聚集在又脏又臭的贫民窟小酒馆里，喝着英国葡萄酒，庆祝他们的成功。

米尔顿变得神采奕奕。

"为了重新拥有真伦敦，"米尔顿说，"女王和议会将不得不支付一大笔钱，他们不得不向我们乞求施舍。"

"哈！哈！哈！哈！"罗杰说。

就在这时，门开了，进来一个快递员。

"我找米尔顿·博比特先生。"快递员说。

"我就是。您有什么事？"

"有一个您的快递。"

"放这里吧，唉，真烦人！"

但打开包裹时，米尔顿·博比特立刻容光焕发：那是一块极其珍贵的牛奶巧克力，产自瑞士德语区一个小山谷里的小村庄的某个农场。

当门再次被打开，第二个快递员进来时，米尔顿的脸上仍然洋溢着无法形容的喜悦。

"我找米尔顿·博比特先生。"快递员说。

"我就是。您有什么事？"

"有一个您的大包裹，就在外面。"

米尔顿走出门去，看到了包裹。它是如此之大，以至于占据了整条街道。汽车司机不停地按着喇叭，因为他们无法通行了。

包裹被打开后，米尔顿再次精神焕发。是的，那就是传说中的1931年的西伯利亚拖拉机！米尔顿看了一遍又一遍，高兴极了，他简直不敢相信自己的眼睛。

"好了吧！"司机们喊道，"你能把这口棺材挪开吗？"

米尔顿派人去找阿达吉索·波特多，那个身高三米、重约七百公斤的小偷。当司机们看到阿达吉索后，立刻停止了抗议，说道：

"慢慢来，不着急，小心点儿！"

当米尔顿还沉浸在喜悦中时，第三个快递员出现在了小酒馆里。

"我找米尔顿·博比特先生。"快递员说。

"我就是。您有什么事？"

"有一个您的快递。"

"大的还是小的？"

"中等的。"

打开包裹后，米尔顿欢呼起来。那是一架澳大利亚艾利斯斯普林斯制造的无与伦比的手风琴！

米尔顿非常高兴，回到酒馆后，对聪明的盗贼们说：

"伙计们，今晚你们要把真伦敦放回原处，带走那个我也不喜欢的假伦敦。"

"干什么！我们那么辛苦才把假伦敦换回去的！"

"命令就是命令！"

"那赎金、女王和议会呢？"

"胡说什么，这些我都不在乎了。现在开始工作，否则我就让阿达吉索·波特多来收拾你们！"

"不！阿达吉索，不！"

"那就赶快行动，我要吃巧克力了！去干活吧，你们这些又丑又懒的家伙！"

维克森·阿列尼当然也在那里，坐在他们中间一言不发。只不过没有人看他，也没有人看到他。

于是，第二天早上，人们在美好的真伦敦中醒来。泰晤士河重新变脏了，河中没有一条鱼。杰克逊先生家中的天花板裂缝恢复了原样，华生先生的鸭嘴污渍也回来了。在莱斯特广场上，罗布森先生看到的松鼠恢复了原来的名字罗伯特。

市长的椅子也重新摇晃起来，发出轻快的声音。

大结局，第二部分

但有一样东西没有回到原来的位置：警长弗兰克·费利克的头发。聪明的小偷很想把它归还给它的合法主人，但菲利普（你们是否还记得：这是头发的名字）不愿回到那个傻瓜的头上。

警长如此悲伤，以至于他都没有把真伦敦恢复原位的功劳占为己有。

当然也有一小部分人没有意识到伦敦不再是之前的伦敦了：毕竟鸡蛋培根、茶和雨伞一如既往地存在；也并不是所有人都会去看泰晤士河，观察河水是否清澈见底，而且很多房子的天花板上也没有裂缝。

不得不说，米尔顿和那帮聪明的小偷干得还不错。

但是米尔顿最终没有抵制住诱惑，偷走了为他送来三个包裹的三个快递员的三个钱包，因此锒铛入狱。

在做出了如此令人难忘的壮举之后，米尔顿竟然因为三个总共装了 4.6 英镑的钱包而入狱！这些钱也许都买不了一个汉堡！

警长感到非常绝望。但他还是继续去理发店，尽管他连一根头发都没有。

"但是警长，"理发师说，"你连一根头发都没有，我怎么打理呢？"

警长哭着说：

"你就假装它还在那里。"

事情就这样持续了几个月，直到菲利普产生了怜悯之心，决定再次出现在警长弗兰克·费利克的头上。

我不会告诉你当警长站在镜子前，看到自己如苹果般光滑的头上重新长出一根头发时的情景。那一幕实在是太感人了！

所以我不告诉你。

那我会告诉你什么呢？请仔细听好：

伦敦十一月的一个夜晚，在大雾笼罩下，光线微弱的郊区街道上传来阵阵脚步声——咚……咚……咚……放眼望去，空无一人。

会是谁呢？

维克森·阿列尼！

尼斯湖之旅

伦敦十一月的一个夜晚，在大雾笼罩下，光线微弱的郊区街道上传来阵阵脚步声——咚……咚……咚……放眼望去，空无一人。

会是谁呢？

维克森·阿列尼！

乡下

其实，维克森·阿列尼有点儿虚荣，所以他不喜欢在乡下散步。

这句话听起来有点儿晦涩难懂，下面让我来解释一下。

维克森不喜欢被人看见，这一点你们已经知道了。这就是为什么他会在伦敦四处走动，因为在那里，很多人都看不到他。

在乡下，很难找到一个看不见他的人，因为有时那里根本就没有人。

这就是为什么维克森不喜欢在英国乡下散步，虽然那里的风景真的很迷人。

事实上，一段时间以来，维克森似乎已经改变了这个想法。这一切都始于他离开藏着真伦敦的仓库的那一天。

正如我们所说，仓库位于城外。虽然不完全是在乡下，但那里有一些不属于城市的东西，比如路边水坑之间一簇簇的野草，还有攀爬在长长的铁丝网网眼中的灌木丛。

"这一定是乡下。"维克森想。

不，确切地说，它不是乡下，只是一个老工业区。

但去乡下的种子已经在维克森心中埋下了。于是有一天，他对贾尔特鲁德多说：

"贾尔特鲁德多，带上背包，我们去田野里散步。"

贾尔特鲁德多很高兴地拿起它的背包，和维克森一起向乡下走去。它对这个提议非常满意，因为它听说乡下生活着非常讨人喜欢的白老鼠和简单、朴实、善良的人们。

众所周知，乡下的老鼠要比城里的老鼠小巧，因为城里有更多吃的东西。比如香肠是贾尔特鲁德多的最爱，但乡下的老鼠可能一辈子都没见过香肠。

走了几个小时后，伦敦渐行渐远，乡村即将登场。阳光明媚，燕雀在枝头歌唱，蝴蝶在花间飞舞，玉米在穗上变成了金黄色。

不。

这是一张落入维克森手中的明信片。此刻，的确有太阳，但是没有燕雀和蝴蝶。

维克森呼吸着新鲜的空气，心情非常愉悦。花粉使他的鼻子有点儿发痒，但总的来说，他感到非常开心。

一个有贾尔特鲁德多但没有维克森的故事

更高兴的还是贾尔特鲁德多，因为它发现至少有一百只白老鼠跟随在它身后。于是，贾尔特鲁德多开始和它们聊天。小小的白鼠们发现，贾尔特鲁德多不仅个头比它们大，而且特别聪明。它会做一千件事情：阅读、写作、开车（这当然不是真的，但贾尔特鲁德多还是那么说了）和盖房子（另一个谎言）。

小白鼠们请求贾尔特鲁德多成为它们的老师。不一会儿，所有白鼠就整整齐齐地坐好，贾尔特鲁德多手持一根小棍，开始给它们上课。

第一节课题目：

如何区分好奶酪和坏奶酪

小白鼠们对这一课非常满意，它们恳请贾尔特鲁德多留下来，永远和它们在一起。

"不行，我必须和我的朋友维克森·阿列尼一起回伦敦。"贾尔特鲁德多说，"但我答应你们，我每周来一次，好吗？"

"每周两次吧。"小白鼠们说。

"好的，那我每周来两次。"我们的朋友贾尔特鲁德多同意了。

"不过，顺便问一句。"小白鼠们齐声问，"维克森·阿列尼在哪里？这里没有其他人。"

"你们看不到他，但我可以。他就在这里……"

但贾尔特鲁德多没有说完这句话，因为它也没有看到维克森。维克森压根没有注意到老鼠们，在没有贾尔特鲁德多的陪同下继续往前走了。

"嗯。"贾尔特鲁德多说，"我会在这里等他，和你们一起。"

小白鼠们得到了莫大的满足，立刻高声喊道："万岁！"它们送给贾尔特鲁德多一顶高高的魔术帽，爱慕虚荣的贾尔特鲁德多马上把它戴上，用一种夸张的方式吹嘘着自己。

但，戴上那顶帽子的它看起来非常糟糕。

在那些老鼠中，有一只名叫库特鲁菲拉的美丽白鼠。库特鲁菲拉本想和贾尔特鲁德多聊一聊，但矜持的它有些害羞，所以只是站在其他老鼠后面偷偷地看着贾尔特鲁德多。

但贾尔特鲁德多还是感受到了库特鲁菲拉那明亮的双眸正从一群白鼠中望向它。它的心中产生了一个新的念头，一种无以言表的想法：

"…………"

过了一会儿，当贾尔特鲁德多独自离开时，它好像明白了那个想法的含义。

在苏格兰

与此同时，维克森·阿列尼继续前行，压根就没有意识到贾尔特鲁德多已经不在他身边了。此外，他还是一个不知疲倦的优秀步行者，他走啊走，走啊走，走到了苏格兰。

苏格兰风景如画，红色的群山被薄雾笼罩着。在远处，维克森甚至还看到了一些山脉。

"嘿，贾尔特鲁德多。"维克森转过身来说，"你看，多美啊！"

在那一刻，他才意识到贾尔特鲁德多已经不在他身边了。

不过，维克森·阿列尼不是那种会过分担心的人。

他没有多想，继续向前走。

此时的苏格兰人并不开心。

当维克森经过一家酒吧时，听到有人在门口热烈地讨论：

"我们需要维克森·阿列尼。"其中一个说。

"没错。"另一个说，"只有他才能帮我们摆脱这种状况。"

"什么状况？"维克森问道。

"您在问我？"两人中的第一个人转头看看周围，不明白谁在和自己说话。

"我问您，是因为我不了解情况。"

"我们的怪物！"第二个人一边回答，一边也像陀螺一样转头朝四周看。

"你们的怪物怎么了？"

"它从尼斯湖上消失了！再也没有关于它的消息了！"

"我来处理。"维克森说。

事实上，我们的英雄毫无头绪，但这句话总能达到非常不错的效果。

"幸好您能处理！"第一个人说。

然后他挠了挠头。

"可您是谁？"

"维克森·阿列尼。"

"谢谢。"

"再见。"

"可您真的是维克森·阿列尼吗？"第二个人问。

没有人回应，因为维克森已经离开了。

那两人立刻跑进酒吧，爆出刚刚听到的这个重磅消息。但酒吧的老板，一个名叫麦基·麦可麦克森的地道苏格兰人，并不相信他们：

"可你们真的看到了维克森·阿列尼吗？你们确定、肯定是他本人吗？"

"您说的'看'，是用眼睛'看'吗？如果这么说的话，不，没有，但是……"

"行了，你们就是那种常见的酒鬼。"麦基说。所有人都笑了起来。

　　事实上，情况就是如此。苏格兰总是到处都是游客。这些游客绕着苏格兰高地转上一圈，在一座座城堡之间游览，参观完美丽的城市爱丁堡，然后都会前往尼斯湖畔。

　　尼斯湖是一个又长又窄的小湖，以它的怪物闻名于世。

尼斯湖水怪长着非常长的脖子，生活在湖中，每隔两三年就会把脑袋伸出水面。如果附近刚好有人看到尼斯湖水怪的脑袋，会被吓一大跳。因为没有人想到会在湖水中央看到那样一颗脑袋。

从来没有人知道尼斯湖水怪会不会发出声音。大多数人都认为它是哑巴，一些人则坚持认为它会发出这样的声音：

"卟嘞嘞嘞嘞嘞嘞。"

所有来苏格兰的游客都只有一个目的：亲眼看看尼斯湖水怪。他们期待着水怪能出人意料地从水里冒出头来。

像往常一样，尼斯湖周围挤满了游客。

"我们走吧。"他们说，"我们都很清楚根本不存在尼斯湖水怪。这是一个骗局，目的就是让我们来这里，骗走我们的钱。"

"你们确定它不存在？"维克森问。

"我们想看看水怪。这是我们想看到的第二件事。"

"那你们最想看到的是？"

"当然是维克森·阿列尼了。"

"算了吧，"维克森说，"你们永远看不到他。"

"我们知道。所以我们来到这里，希望至少能看到水怪。但很明显，怪物并不存在。"

"维克森呢？存在还是不存在？"

"他处理了很多案件。而这个怪物除了把头露出水面外什么都没做，什么都没做。而且，它甚至什么都不用做，因为它根本不存在。你见过不存在的东西会从水中探出头来吗？"

"没见过。"

"没错。"

对此感到抱歉的维克森·阿列尼决定帮助苏格兰人找到那个怪物，尽管他毫无头绪。

所以，他再一次挠了挠头。

人造鼻子

"看看我的口袋里有什么。"维克森想。

维克森的口袋一直很神秘，连他自己都不知道里面有什么。人们常说："我了解他，如同了解我的口袋。"但对于维克森·阿列尼来说，这句话毫无意义，因为他对自己的口袋一无所知。

从他所有的冒险中可以看出，我们的朋友维克森总是带着一些东西，或者说是某种纪念品，这些纪念品和他的冒险一样奇特。

维克森把手伸进口袋，摸出来这些：

——一台用于研磨胡萝卜汁的研磨机；

——一个用来烤已经烤熟了的烤鸡的机器；

——一个只会发出嘀嗒、嘀嗒声音的装置；

——一个能闻到所有气味的人造鼻子；

——一顶价值约一百万英镑的镶钻金冠。

维克森扔掉了研磨机、烤鸡机器、发出嘀嗒声音的装置和镶钻金冠。

当他准备扔掉人造鼻子时，脑子里突然闪过一个金点子。

鼻子！就是它！

人造鼻子是一种机械物品，具有正常（相当大）鼻子的形状和大小，一旦使用，可以识别出成千上万种不同的气味。它能辨别出所有花朵、所有菜肴、所有甜点的味道，以及"生气女孩的气味""卡通片的气味""从远处看

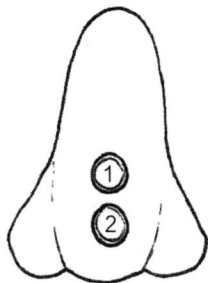

布雷西亚的气味""鲈鱼哭泣的气味"等其他气味。其中也包括"尼斯湖水怪的气味"。

维克森马上开始操作人造鼻子，但这并不是一件容易的事情。在人造鼻子的凸起处有两个小按钮。第一个按钮上面写着数字 1，第二个上面写着数字 2。维克森一直很喜欢数字 1，所以他按下了那个按钮。很快，鼻子就发出"哔哔哔"的声音。

"为什么呢？"维克森想，"一个写着 1 的按钮怎么会发出类似哔哔的声音呢？

"数字 1 和哔哔声有什么关系？"维克森一边挠头，一边问道，"贾尔特鲁德多，你能告诉我这是为什么吗？"

直到那一刻，维克森·阿列尼才再次意识到贾尔特鲁德多·德鲁德兰不在他身边。

惊喜！

为什么贾尔特鲁德多不在呢？

因为在这期间，它结婚了！

和谁？

和那只名叫库特鲁菲拉的漂亮小白鼠。现在，贾尔特鲁德多不再喜欢城市了。它喜欢树木，喜欢湛蓝的溪流，喜欢那些在金色干草田里有些泛红的孤零零的房子。它尤其喜欢库特鲁菲拉。

婚礼很盛大。有奶酪、香肠，还有老鼠们在手风琴、长笛和大鼓伴奏下翩翩起舞。其他动物也来了，鸡、鸭、狗，甚至还有一只猫，但那只猫不敢做内心想做的事（你可以想一想那只大肥猫在想什么），因为贾尔特鲁德

多狠狠地瞪了它一眼。当然也因为那只乡下肥猫从来没有见过肮脏的下水道老鼠，所以它放弃了那个想法。

婚礼期间，贾尔特鲁德多满脑子只想着它可爱的妻子和它的新朋友们，当然还有那只肥猫，因为老鼠最好还是要留意一下猫。

它还发表了精彩的演讲。开头如下：

"最最尊贵、最最高尚的朋友们，我怀着无以言表、无法形容、极其愉快的心情……"

剩下的我就不再赘述了。

一直到长长的演讲即将结束，进入致谢的环节时，贾尔特鲁德多才意识到自己无法感谢维克森·阿列尼。因为维克森·阿列尼不在场！他没有回来！

但现在的贾尔特鲁德多能做什么呢？

它已经结婚了。

它不能抛弃库特鲁菲拉。

但它也不能离开维克森·阿列尼。

贾尔特鲁德多挠起了脑袋，与此同时，往北数公里外，维克森·阿列尼也在挠头。

这时，库特鲁菲拉走近贾尔特鲁德多，对它说：

"亲爱的，你是在考虑去哪里度蜜月，对吗？"

"呃……是的。"贾尔特鲁德多撒了个谎。

库特鲁菲拉拥有美丽的天蓝色眼睛，在这双眼睛面前，任何老鼠都不会对它说一个"不"字。

"我，"它用非常甜美的声音说，"有两个伟大的愿望：第一是去看看尼斯湖水怪，第二是定居伦敦，因为乡下有些无聊。你觉得我能实现这两个愿望吗？"

"亲爱的，你真是天使！"贾尔特鲁德多忍不住喊了起来，没有比这更好的愿望了。

短短几句话，库特鲁菲拉就解决了贾尔特鲁德多的难题。

没过多久，这对新婚夫妇告别父母、兄弟、姐妹和库特鲁菲拉的所有朋友，现在也是贾尔特鲁德多的朋友，启程前往苏格兰。

然而，对于自己美丽又温柔的妻子，贾尔特鲁德多还有些事情并不了解。

比如，它并不知道妻子的娘家姓。

你想知道库特鲁菲拉·德鲁德兰的娘家姓吗？

好吧，我暂时先不告诉你。因为你很快就会自己发现的。

人造鼻子恢复正常

而此时，人造鼻子不仅没有帮上维克森·阿列尼，而且一直发出"哔哔哔"的声音。怎么可能通过一个只会发出"哔哔哔"声的鼻子找到尼斯湖水怪呢？

幸运的是，维克森恰巧经过一家专门生产人造鼻子的商店。店里有一个男人，正在低着头修复另一个人造鼻子。

门铃响起，但那个男人没有抬头（即使他抬起头来，那也是浪费时间，因为维克森是个隐形人）。

"怎么了，比利？"男人问。

比利是他唯一的顾客，所以当有人走进店里时，他都认为是比利。

比利是世界上唯一的人造鼻子收藏家。你也许会对比利充满好奇，因为比利不会出现在我们的故事里，虽然他是个好人。但故事总是这样：有时会有令人讨厌的人进来，而那些讨人喜欢的人却不在故事里。

比如，这家人造鼻子商店的店主鲁迪，就很讨厌。

"我问你有什么事情，比利，该死的！难道你没看到我在工作吗？"

"请您帮我修好这个假鼻子。"维克森说，"另外，我不是比利。"

"好吧，我才不在乎你叫什么。把你的假鼻子给我。"鲁迪头也不抬地说。

维克森把人造鼻子递给他，鲁迪检查了一番后说：

"你为什么按 1 键？"

"因为我喜欢数字 1。"

"很好的理由。但是如果你按下 1，鼻子就会发出'哔哔哔'的声音，不是吗？"

"没错。"维克森回答，"这个该死的鼻子每天只会发出'哔哔哔'的声音。您知道问题出在哪儿吗？"

"简单。数字1代表感冒，如果你按下它，鼻子就会感冒，然后发出'哔哔哔'的声音。"

"可一个感冒的人造鼻子有什么用呢？"

"我的朋友，"店主鲁迪依然没有抬头，说道，"世界上有很多东西，我们都不知道它们有什么用，但它们依然存在。比如蚊子、遥远的星球，甚至那些你根本看不到的东西，比如尼斯湖水怪。每个人都认为那个可怜的怪物是为了吸引游客来苏格兰，但没有人问过水怪喜不喜欢这样。所以我告诉你，水怪根本不喜欢这样。好了，现在我停用1键，激活2键，2键的意思是'嗅觉'。"

鲁迪一边说着，一边把鼻子放到柜台上。此刻，人造鼻子不再发出"哔哔哔"声，而是发出"哼唧哼唧"的声音。

"现在你可以去寻找可爱的水怪了。"店主终于抬起了头。

但是他没有看到任何人。

"嘿，那个小偷没付钱就走了。"他喊道。

"不，我还没走，这是给你的钱。"维克森说。

"还不错。"

鲁迪数了数钱，发现多了一英镑，但他假装什么都没有发生。维克森没有问他找零，因为维克森过去是、现在是、将来也会是一位伟大的绅士。

"那你到底在哪里？"店主鲁迪问。

"靠右边的地方。"维克森回答。

但鲁迪没有看到维克森，因为维克森在特别靠右的地方，这个特别靠右的地方已经超出了人类能看到的范围之内。

最后，维克森走出商店，门嘎嘎作响，此时他的人造鼻子正在完美地发出"哼唧哼唧"声。

一次重大的碰面。不，是两次

维克森·阿列尼在尼斯湖边上的树林里散步，手里还拿着那个发出"哼唧哼唧"声的人造鼻子。

突然，鼻子不停地发出：

"哼唧哼唧。"

"哼唧哼唧。"

"哼唧哼唧。"

声音越来越大，越来越强。直到维克森抬起头，看到一股烟从树丛间升起。

他朝着烟雾走去，人造鼻子还在不停颤抖地发出"哼唧哼唧"声。最后，维克森看到了什么？

他看到尼斯湖水怪——尼斯正悠闲地坐在一块大石

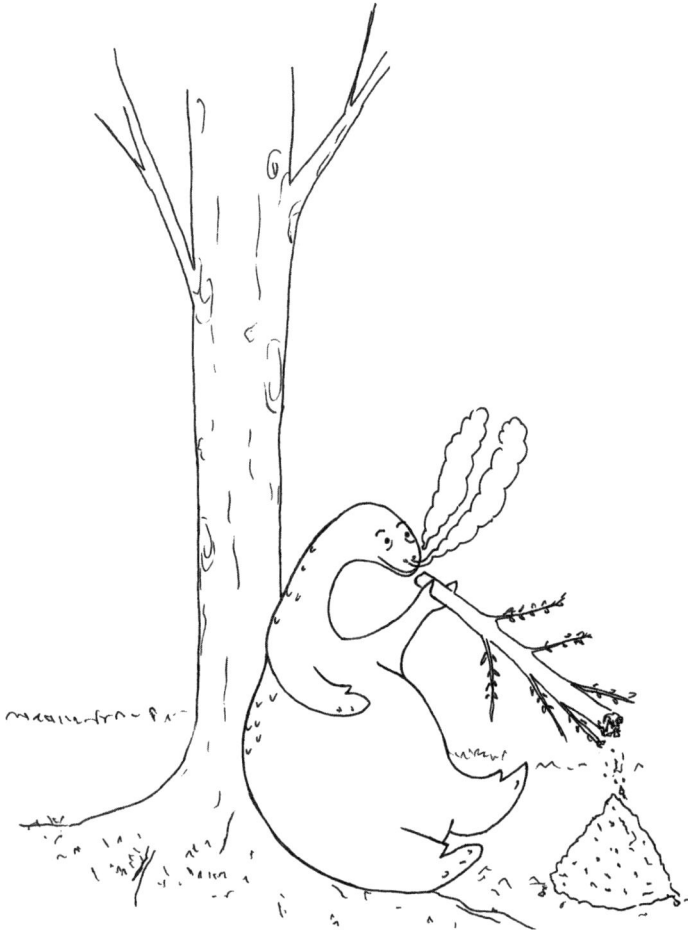

头上，快乐地吸着烟。

现在，我们暂且不提吸烟不是一件好事，因为维克森马上注意到了一个细节。

尼斯吸的不是香烟、雪茄、旱烟，也不是电子烟。

哦不，尼斯在吸树枝！

是的，亲爱的朋友们。尼斯把树连根拔起，去掉所有树枝和树根，开始在树干的一端呼气（忘了告诉你，尼斯是一条龙），然后树干开始冒烟，它似乎很喜欢这样做。

从周围散落的灰烬和一大片空地来看，维克森·阿列尼判断尼斯已经吸了好几棵树。

"嘿，你！"维克森·阿列尼对着尼斯喊，"看你做的好事！"

"谁在和我说话？"尼斯说着，停了下来。

"是我。"维克森说。

"啊，是你，好的。"尼斯有些惊讶，它并不知道声音的主人是谁，但它是个好脾气的水怪，而且非常喜欢聊天，"是的，"它说，"我觉得这是一件非常好的事情。我厌倦了一直待在湖底。你知道我有多久没有吸烟了吗？一万年。你不觉得重新吸烟是一件很美好的事情吗？"

"我不这么认为。"维克森回答道，"而且坏处是，你正在把整片森林化为灰烬。如果你认为吸烟对你有好处，那你就大错特错了。"

"我比之前感觉好多了。"

维克森意识到尼斯是个硬骨头，要让它改变主意可不是一件简单的事。

"你个大傻子！"维克森说。

一听到有人叫他"大傻子"，尼斯变得非常生气。

"你在哪里？"它喊了起来。

"我总是在更靠右边的地方！"维克森回答。

于是，尼斯开始向右转头，越来越往右，越来越往右，直到……它的整个脖子扭成了螺旋状。

"哎哟，好疼！"可怜的水怪喊了起来，"哎哟哟，哎哟哟！"

冒烟的树倒在了地上。

就在那时，我们的两个朋友出现了。一个是老朋友，另一个是认识还不算太久的朋友，而且是一个女性朋友。

没错，它们就是贾尔特鲁德多·德鲁德兰和库特鲁菲拉·德鲁德兰夫妇。

"别担心，"库特鲁菲拉对怪物说，"我来帮助你。"

尼斯认真地看着它，激动得几乎快晕倒了。

"你姓什么？"

"我姓邦德，库特鲁菲拉·邦德。"

是的，朋友们。库特鲁菲拉的姓正是著名特工詹姆斯·邦德的姓，尽管他们并没有血缘关系，甚至互不认识。不过，英国和苏格兰到处都是叫邦德的人。

但有一件事情你必须知道，那就是库特鲁菲拉的祖母，名叫弗鲁谷列塔·邦德，多年前曾救过这个踩到海胆、爪子上被扎了一根刺的尼斯。

你可能会问：海胆在湖里做什么？是不是从来没听过这样的笑话？

答案是，那只海胆是鼎鼎大名的阿尔贝托，又称环球旅行家。它喜欢探索新的地方。那些日子，阿尔贝托恰巧在尼斯湖，不经意间被尼斯湖水怪踩了一脚。

阿尔贝托什么事也没有，只是决定离开那里以免遇到其他危险。

受伤的是可怜的尼斯，它不知道怎么拔出爪子上的那根刺。

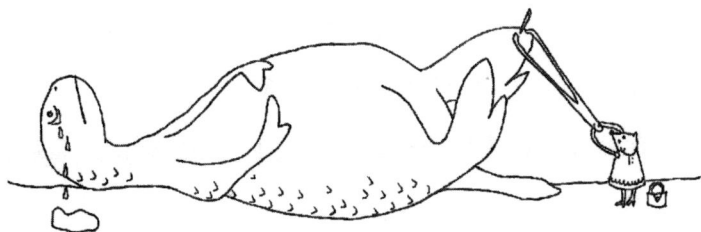

而且我告诉你，如果不是老鼠护士——弗鲁谷列塔·邦德当时就在湖边，那根刺至今还会在尼斯的爪子上。

"把你的爪子给我看看。"弗鲁谷列塔·邦德说。

"好的，但是请你慢一点儿。"尼斯说。

弗鲁谷列塔·邦德小心翼翼地拔掉了尼斯爪子上的刺，这样尼斯才重新回到了他最喜欢的活动——吓唬人类中。

海胆阿尔贝托

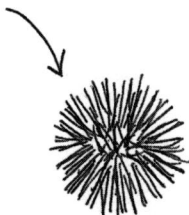

这就是为什么当尼斯看到库特鲁菲拉时会深受感动，因为库特鲁菲拉和它的祖母长得很像。

库特鲁菲拉为尼斯的长脖子做了一番轻轻的按摩后，尼斯完全恢复了正常，喊道：

"难以置置！我痊愈了。"

尼斯湖水怪有一些语言障碍，它从来没有学会说"难以置信"。而且，它认为"难以置置"应该就是"难以置信"。

好吧，能拿它怎么办呢？

尼斯的故事

尼斯开始向那对新婚夫妇（以及看不见的维克森）讲述它的故事。它说，有一天有两个男人在湖边散步。看到他们后，它决定吓吓他们，于是在距离他们两米远的地方突然将头伸出湖面。

但那两个男人一点儿都不害怕。相反，其中一个长着梨形脑袋的男人从口袋中掏出一包烟，对它说：

"来根烟？"

一生从未吸过烟的尼斯决定试一试。

"我很乐意。"尼斯说，"但对我的大嘴巴来说，这根烟太小了。"

于是，那个长着梨形脑袋的男人，也就是米尔顿·博比特，萌生出一个想法：砍下一棵冷杉树，去除树枝，把它作为香烟送给了尼斯湖水怪。

尼斯非常感谢那个礼物。从那一刻起，它成了狂热的吸烟者。它不明白的是，为什么那个梨形脑袋的男人一开始想给他一根烟，后来又给了他一整棵冷杉树。

为什么米尔顿·博比特要教尼斯湖水怪吸烟？

因为米尔顿·博比特不仅讨厌英国人，也讨厌苏格兰人。他讨厌英国人，因为他认为他们不够英式；他讨厌苏格兰人，因为他认为他们不够贫穷。

"如果我教会它吸烟，"邪恶的米尔顿想，"它就会离开尼斯湖，因为在水下无法吸烟。这样尼斯湖中就没有水怪了，游客们自然会离开苏格兰，苏格兰将变得更加贫困。去你的苏格兰！"

你们看看米尔顿的脾气有多差。

大结局

在这个故事的结尾，尼斯同意回到湖里，像往常一样吓唬人类：人们就是为了这个才前往尼斯湖的。

只剩下一个问题。

"现在我不喜欢吸烟了。"尼斯说，"但如果十年后，我又萌生了吸一口的想法呢？"

这个问题也找到了解决方案。贾尔特鲁德多和库特鲁菲拉会收集英国和苏格兰的所有刨花，并把它们堆放在一家大型商店前。商店大门上会写着：

屡获殊荣的刨花店

德鲁德兰 & 邦德

为什么会获奖？考虑到当时刨花店还不存在，谁会给它颁奖呢？

这些都是未知之谜。

也许并不是所有人都知道什么是刨花。刨花是木匠作坊里刨木料时刨下来的薄片，因为没什么用，通常会被扔掉。

这对新婚夫妇的想法是：把所有的刨花收集起来，制作成一个名叫"水烟筒"的超大烟杆。烧焦的刨花可以装满烟杆。烟杆上灵活的管道一直通往水下，这样尼斯在湖底就可以随心所欲地吸烟了。从湖里冒出的烟雾会吸引很多人，这可不是每天都能看到的盛况。

但事实上，尼斯已经不想吸烟了。所有的烟雾都让它咳嗽。

"够了，"它说，"如果想吸烟，我就数数，数到一百的时候烟瘾就过去了。"

这时，维克森有了一个想法。

"用刨花，"他说，"我们在湖边没有树木的地方建造一座巨大的城堡。这将是历史上第一座刨花城堡。"

尼斯挠了挠头。

贾尔特鲁德多挠了挠头。

库特鲁菲拉也挠了挠头。

它们从来没有听过如此愚蠢的想法。这个想法是如此愚蠢，以至于它们开始大笑，像疯子一样笑啊笑，笑啊笑。人们从来没有听过这样的笑声。

游客们从苏格兰各地蜂拥而至，然后是从英国、欧洲，最后从世界各地赶来，观看一只白老鼠、一只肮脏的下水道老鼠和一个水怪：它们正在前所未有地大笑着。

游客们也开始笑个不停。所有人都很开心，苏格兰再次拥有了他们的水怪，贾尔特鲁德多能够愉快地实现甜美妻子的第二个愿望：定居伦敦。

在尼斯湖畔，还放置了一块牌匾，上面写着：

这是

所有时代中

最大的笑声

三个朋友和尼斯道别。

"再见，尼斯。"维克森说。

"谁在说话？"尼斯问。

"谁在说话？"库特鲁菲拉说，它也看不到维克森·阿列尼。

"我在说话。"

"你是谁？"

"维克森·阿列尼。"

尼斯和库特鲁菲拉不再说话，因为那时维克森·阿列尼已经非常有名了。他是如此有名，以至于多年来尼斯总是告诉来湖边的人，它遇到过维克森·阿列尼，并和他交谈过。

从震惊中恢复过来的尼斯，终于说了一句：

"不可置置！"

认识维克森·阿列尼是每个人的梦想，因为无法实现，所以人们只好退而求其次，转向其他更容易实现的事情，比如游览巴黎，前往尼亚加拉大瀑布，步行到达南极或者沿着尼斯湖畔漫步，希望能够见到尼斯湖水怪。

但每个人都想认识维克森·阿列尼。

所以，每个人都前往伦敦，然后因为没有见到维克森·阿列尼，又有些失望地回来。

出于某种奇怪的原因，只有贾尔特鲁德多·德鲁德兰和普林普洛·林能够看到维克森。贾尔特鲁德多喜欢和他下棋，而普林普洛·林则待在日本耕耘他的菜园子，只是偶尔会来伦敦和他一起吃一盘美味的南瓜烩饭。

最新消息

库特鲁菲拉·邦德·德鲁德兰和贾尔特鲁德多一起住进了贾尔特鲁达夫人的房子里。为了感谢贾尔特鲁达夫人的盛情款待，库特鲁菲拉送给她一顶漂亮的乡村草帽。草帽的帽檐很宽，上面系着一条漂亮的红丝带。贾尔特鲁达夫人特别喜欢，从那之后就一直戴着它，即使是在睡觉的时候。

库特鲁菲拉和贾尔特鲁达夫人、虽然是维克森·阿列尼的女朋友但从未见过他的安杰丽卡·卢塞尔成了朋友。她们三个经常在一起喝下午茶，谈天说地：聊聊衣服、糕点店，尤其喜欢谈论维克森·阿列尼，并以自己的方式去想象他：有的说他不仅个子高，还有一头金发

（安杰丽卡）；有的说他个子矮，而且还有小肚腩（贾尔特鲁达夫人）；有的坚称他像一只老鼠（库特鲁菲拉）。

我忘了告诉你，库特鲁菲拉也是一只会说话的老鼠（而且它还挺会说话的）。

警长弗兰克·费利克呢？

在整个故事发展的过程中，警长一直和理发师在一起。

然而，理发师什么都做不了。因为头发菲利普已经离开了警长，再也不愿意回来了。就这样，警长和理发师待在理发店，什么也不做，干等着头发重新长回来。

与此同时，菲利普在巴塔哥尼亚观看着海豹、企鹅和从强大的鼻孔中喷出高高水柱的鲸鱼。

而警长和理发师一直在那里，一动不动，静静地等待着。

我们尤其为理发师感到难过。

维克森也为理发师感到难过，所以：

伦敦十一月的一个夜晚，在大雾笼罩下，光线微弱的郊区街道上传来阵阵脚步声——咚……咚……咚……放眼望去，空无一人。

会是谁呢？

维克森·阿列尼！